關於王育德(Ong Iok-tek)博士

一九二四年出生於台南王氏世家，幼年及少年時期曾在家塾學習漢文。一九三〇年四月進入台南市末廣公學校就讀，一九三六年考入台南州立台南一中，一九四〇年考入台北高校，一九四三年考進東京帝國大學支那哲文學科，一九四四年因避空襲返台，任嘉義市役所庶務課職員。一九四五年終戰後，任台南一中教員，兼事台灣新戲劇運動。一九四七年二二八事件，其兄王育霖遇害。一九四九年，他的同志紛紛被捕，他深感危機四伏，乃經香港輾轉逃亡日本。一九五〇年復學進入東京大學中國語文學科，一九五三年考上東京大學研究所，一九五五年獲碩士學位，並考取博士班，一九五八年起任明治大學兼任講師，一九六〇年創設「台灣青年社」，發行《台灣青年》雜誌，積極展開台灣獨立運動。一九六七年獲聘明治大學專任講師。一九六九年獲東京大學文學博士學位，升任明治大學副教授。此後除專任明治大學教職外，也曾在琦玉大學、東京大學、東京教育大學（今筑波大學）、東京都立大學、東京外國語大學等校兼課，專事語言教學。一九七五年出任「台灣人元日本兵補償問題思考會」事務局長。一九八五年九月九日因心肌梗塞去世。

王育德博士本身多才多藝，他不僅是享譽國際的台語語言學家，也是台灣獨立運動的先驅和精神領袖，透過他苦心經營的《台灣青年》雜誌和無數的專論，他終生不懈努力建構台灣獨立建國的理論基礎，是大名鼎鼎的台灣獨立運動教父。

他對台灣的疼惜，一生一世，堅定無悔，他對台灣獨立建國的用功，鞠躬盡瘁，死而後已。他是台灣人永遠感念的台語研究巨擘，也是台獨運動思想的啟蒙之師。

台語初級

王育德◎著

黃國彥◎譯

前　言

　　《台語入門》再次透過日本全國的銷售管道，在各地吸引眾多新的讀者，讓我深感欣喜。然而，《台語入門》的目標著眼於教導基礎知識和比較簡單的表達方式上。在對台語抱持興趣的讀者中，有人仍覺意猶未盡，希望有程度更高的教科書，於是由日中出版社來向我邀稿。

　　其實不必出版社出面，我自己老早就深感有其必要性。但總因瑣事纏身極其繁忙，始終未能把握機會下筆。如今演變成被逼著寫的情況，只好下定決心。

　　台灣話是我深愛的母語，值此第二本教科書編寫之際，怎可不盡我最大的努力？這是我應用教學經驗在之後的研究上，不斷構思灌注熱情寫成的。也就是說，在會話中花費巧思，同時初次嘗試收錄散文，也介紹傳統的歌謠，並將和語言相關的一些事項寫成隨筆。此外卷末收錄的俚諺集，應該具有資料的價值。

　　本書除了加深讀者對台灣話的認識之外，若能同時強化各位對台灣的喜愛，誠屬萬幸。

　　最後，對編輯與印刷方面付出諸多辛勞的日中出版社，尤其是負責本書的安藤玲子小姐，一併致上深忱的謝意。

王　育　德

1983年1月15日

譯 序

　　《台語初級》是作者另一本教材《台語入門》的姊妹作，如果說後者是台語教材的基礎篇，那麼本書就是進階篇。根據語言學習必須循序漸進的原則，一個完全不懂台語的人，必須先學完《台語入門》，然後才學《台語初級》。不過，如果是原本就會說台語的人，只是想增加自己對台語的認識，孰先孰後就無關緊要。

　　本書的體例，和《台語入門》大致相同，也是以會話形式的課文為主，另闢歌謠、散文及俚諺集三個部分，其間並穿插八篇隨筆，讓本書增添不少文藝性、理論性以及資料性，成為一本極具特色的教材。

　　王育德先生雖然專業是研究台語，其實在年輕時代也寫過劇本、小說和詩，頗富文學才華，稱為「文學青年」當之無愧。這本書中收錄了他早年以台語所寫的一篇散文〈我有去嘁吧哖〉，讀起來文情並茂，文中所述彷彿歷歷在目，令人擊節讚賞。而俚諺集中所錄，無一不是歷久彌新，目前仍經常出現於口頭語的俚諺，學習者如能一一背誦，善加運用，會話必定生動許多。

　　在母語地位重新受到評估，重視母語教學的呼聲甚囂塵上的今日，翻譯出版這樣一本與眾不同的台語教材，不僅符合時代需求，如能進而喚起大家對台語的關心與認識，則譯者幸甚。

黃 國 彥

凡 例

　　1. 本書是以學過《台語入門》的讀者爲對象，因而略去羅馬字標記法及發音的說明。

　　2. // 表示由一個「重音素」統合的部分。（句首的 /，爲避免繁瑣而沒有標上去）也就是最後一個音節（如爲輕聲，則在它之前）以本調來讀——重音核位於此處——其他的聲調則依照變調規律發音。

　　3. 在學習的順序上，由會話而進入散文比較適當。歌謠的部分則是讓各位輕鬆一下，諺語可當成補充教材。

目 次

I.

會話

1 Hong²-bun⁷
訪　問　　　　　　　　〈訪問〉

A¹❶-Kiok⁴,/ lin² lau⁷-pe⁷❷ /u⁷ ti⁷ leh⁰/bo⁵?/
阿　菊，恁 老 爸 有 著 咧 無？

阿菊，你爸爸在家嗎？

Si⁷ Ek⁴-goan⁵ chek⁴-a⁰/ho·ⁿ⁷,/Lai⁵ che⁷ o·⁰./
是 益 源　叔 仔 嘆，來 坐 哦。

是益源叔吧，請進來坐！

Li² oe⁷-ki³-tit⁰ goa⁰?/Koai¹./
汝 會 記 得 我？乖。

你記得我？好乖。

Chhiaⁿ² tan² le⁰,/Goa² lai⁵ khi³ kio³./
且　等 咧，我 來 去 叫。

請稍等一下，我去叫。

Lo·²-lat⁸,/kaⁿ² teh⁴ bo⁵-eng⁵ le⁰?/
努 力，敢 著 無 閑 咧？

謝謝，是不是正忙著呢？

Bo⁵ la⁰,/Ti⁷ au⁷-bin⁷/teh⁴ chhong³ hoe¹-hng⁵ la⁰./
無 啦，著 後 面 著　創　花 園 啦。

沒有，在後面整理花園。

Na⁷ an²-ni¹,/goa² lai⁵ khi³ chhe⁷ i⁰./
那 按 呢，我 來 去 尋 伊。

> 既然這樣，我去找他。

PhaiN²-se³ ho·N⁰,/chhiaN² li² tui³ chau³-kha¹-piN¹-a²/seh⁸ khi⁰./
歹 勢 噯， 請 汝 對 灶 跤 邊 仔 旋 去。

> 對不起，請你從廚房旁邊繞過去。

Bun⁵-khim¹ hiaN¹,/chin¹ kut⁴-lat⁸ teh⁴ chhong³ sim²-mih⁰?/
文 欽 兄，眞 骨 力 著 創 甚 麼？

> 文欽兄，這麼勤勞在做什麼？

Goan⁵-lai⁵/tioh⁸ si⁷ Ek⁴-goan⁵,/Kin¹-a²-jit⁸/chiah⁴ han² kinaN⁵./
原 來 着 是 益 源，今 仔 日 即 罕 行。

> 原來是益源，今天真是稀客。

Li² to¹ chai¹-iaN²,/chit⁸-e⁷ tong³-soan² koan⁷-gi⁷-oan⁵/liau²-au⁷,/
汝 都 知 影，一 下 當 選 縣 議 員 了 後，

> 你也知道，一當選縣議員之後，

tai⁷-chi³/chiok⁴ choe⁷,/bo⁵-hoat⁴-to·⁷/poah⁴ si⁵-kan¹/oat⁴ lai⁵ ka⁷
事 志 足 多，無 法 度 撥 時 間 乞 來 給

> 事情很多，沒法撥時間繞過來

li² khoaN³./
汝 看。

> 看你。

Lai⁵ khi³ chhai³-koe¹-piN⁵-kha¹/che⁷,/Hia¹/khah⁴ liang⁵./
來 去 茶 瓜 棚 跤 坐，夫 較 涼。

> 到絲瓜棚下坐吧，那邊比較涼快。

Bun⁵-khim¹-so²/bo⁵ ti⁷ le⁰/si⁷ m⁰ ?/
文　欽　嫂無著咧是唔？

　　　　　　　　　　　　　文欽嫂不在家嗎？

I¹ khi³ chhai³-chhi⁷-a²/boe² chhai³,/Goa²ka³ a¹-Kiok⁴/phau³ te⁵./
伊去　菜　市　仔買　菜，我教阿　菊　泡茶。

　　　　　　　　　她去菜市場買菜，我叫阿菊泡茶來。

M⁷-thang¹ bo⁵-eng⁵,/goa² boe⁷ chhui³-ta¹./
唔通　無　閑，我　𣍐　喙　乾。

　　　　　　　　　　不用麻煩，我口不渴。

Bo⁵, ka⁷❶eng⁷ hun¹ la⁰./
無,給用　燻　啦。

　　　　　　　　　　不然，抽根烟吧。

Hun¹,/goa² si³ geh⁸-jit⁸-cheng⁵/tioh⁸ kai² khi⁰-lai⁰ la⁰./
燻，我四月日　前　着　改起　來啦。

　　　　　　　　烟呀，我四個月前就戒掉了。

Hiah⁴ li⁷-hai⁷./Ah⁸ kin¹-a²-jit⁸/tau³-ti² si⁷ sim²-mih⁸ kui³-su⁷?/
彼利害。亦　今仔日到底是甚　麼貴事？

　　　　　　　　不簡單。今天來到底是什麼貴事？

〔註釋〕

❶ a¹–（阿）是接頭語，表示親愛之意，大多在名字的最後一字
之前加「阿」一起唸。

❷ pe⁷（爸），完全是一個借用字。語源不詳。

❸表示〈爲～做～〉〈對～做～〉之意的介詞。則上介詞後接名詞性受詞，但只有對象是第三人稱單數 i¹（伊）的時候，可以省略受詞。另外，請參照26頁。

押韻雙重錯

北宋初年，在科舉（會試）的詩賦學科考試中，福建出身的考生很不在乎地將〝何〞(ho⁵) 和〝高〞(ko¹) 視爲同韻字。這雖是很嚴重的錯誤，但碰巧主考官也是福建人，因而沒有發現此一錯誤而讓他及第了，這一件事經常在宋人詩話（關於詩詞的隨筆）中以「閩音中選」或「閩士詩賦」爲題受到談論。

其實〝何〞是歌韻（中古音爲 /a/ ）的字，〝高〞是豪韻（中古音爲 /au/ ）的字，現今的北京音也唸成 hó 和 gāo 明顯區別。然而，在福建話（台語）的文言音中，

歌韻		豪韻	
何 ho⁵	多 to¹	高 ko¹	刀 to¹
羅 lo⁵	歌 go¹	勞 lo⁵	曹 cho⁵
阿 o¹		豪 ho⁵	

卻完全相同。演變至此，「責任」在於豪韻。–u 的消失雖是最大的原因，但消失–u 韻的語言，並不只限於福建話而已。

吳音系如此，官話音系中也有一些，例如濟南、揚州。但是–u 音消失後的結果，豪韻和歌韻成爲同一形態的方言卻出奇地少。除了福建話之外，只有蘭州、大同、鳳台等幾個屬於西北官話的方言而已。

上述小插曲的背景因素，乃是北宋之後，福建的文化水準提昇，許多福建人在朝爲官，因而招致其他地區的人的嫉妒。

② San¹-tu²　相 抵　〈相遇〉

Thian¹-hok⁴ peh⁴-a⁰,/beh⁴ khi³ to²-ui⁷?/
天 福 伯仔,要 去 何 位？

天福伯，你要去哪裡？

Iau²-siu⁷,/Kim¹-sui²-a²,/ho˙⁷ goa² chhoah⁴ chit⁸ tio⁵./
夭 壽, 金 水仔,與 我 擦 一 調。

真是的，金水，嚇我一跳。

Bo⁵ siuN⁷-kong² oe⁷ tiam³ chit⁴ khoan² lau⁷-jiat⁸ so˙²-chai⁷/
無 尚 講 會 站 即 款 鬧 熱 所 在

想不到會在這種熱鬧地方

phong⁷ tioh⁸ li²./
碰 着 汝。

遇見你。

Tai⁷-ke¹/u⁷ ho²-se³-ho²-se³❶/bo⁵?/
大 家 有 好 勢 好 勢 無？

大家都還好嗎？

U⁷,/Lin² poaN¹ khi³ Tai⁵-lam⁵/khia⁷,/goa² sng³ khoaN³-bai⁷,/
有,恁 搬 去 台 南 徛,我 算 看 覓,

有，你們搬去台南住，我算算，

thau⁵–be²–ni⁵/u⁷ go·⁷ ni⁵ la⁰./
頭 尾年有五年啦。

前後也有5年了。

U⁷–iaN²,/chin¹ kin²./Li² pin³–pin¹–mng⁵/to¹ ah⁸ peh⁸ chit⁸ chhok⁴
有影，眞 緊。汝鬢邊 毛 都亦白一 撮

說得也是，時間過得真快。你的鬢毛也發白
la⁰./
啦。

了。

Siu³–lan⁵/ke³ khi³ Sin¹–tek⁴,/ah⁸ siN¹ nng⁷ e⁵ la⁰ ne⁰./
秀 蘭嫁去新 竹,亦生 兩兮啦呢。

秀蘭嫁去新竹，也生了兩個小孩了。

Goa² long² m⁷ chai¹–iaN²,/Li² ah⁸ choe³ kong¹ la⁰./
我 攏唔知影,汝亦做 公 啦。

我都不知道你也當祖父了。

Thian¹–hok⁴ peh⁴–a⁰/iau² khoaN³ goa² joa⁷–siau³–lian⁵?/Chit⁴ e⁵
天 福 伯仔猶 看 我 若少 年？即兮

天福伯你還以爲我有多年輕嗎？這個
chiaN¹–geh⁸/na⁷ kau³,/tioh⁸ si³ chap⁸ kau² la⁰./
正 月 那夠,着四十 九 啦。

正月一到，就49歲了。

Li² ah⁸ hiah⁴ e⁵ he³ la⁰,/kio³ goa² m⁷ lau⁷/ma⁷ lau⁷./
汝亦彼兮歲啦,叫我 唔老也老。

你也那種歲數了，叫我不老也得老。

Thian¹–hok⁴ peh⁴–a⁰/chit⁴ pai²/si⁷ khi² lai⁵ Tai⁵–pak⁴/chhit⁴–tho·⁵?/
天　福　伯仔即　擺是起來台北迌　迌?

　　　　　　　　　天福伯這次是來台北玩嗎？

Bo⁵ a⁰,/Kap⁴ lin¹ Thian¹–hok⁸ m²–a⁰❷ /lai⁵ ka⁷ goan² kan¹–a²–sun¹/
無啊,佮恁　天　福　姆仔　來給阮　干仔孫

　　　　　　　不是，我跟你天福伯母來給我曾孫

choe³ moa²–geh⁸./Kin¹–a²–jit⁸/ka¹–ti⁷ chit⁸ e⁵/chhut⁴ lai⁵ kiaɴ⁵ Toa⁷–
做　滿　月。今仔日家己一兮　出　來行　大

　　　　　　　做彌月的。今天自己一個人來逛

tiu⁷–tiaɴ⁵ koh⁰./
稻　埕　嘓。

　　　　　　　　　　大稻埕的。

〔註釋〕

❶形容詞的重疊形反而讓語義淡化，表示是以輕描淡寫的語氣說
　話。在這種情況下，前面不加 chin¹（眞）、chiaɴ⁵（成）、
　chiok⁴（足）等副詞。
❷將自己的配偶第三人稱化，以迴避親密的稱呼。

③ Phian³-gin²-a²
騙 囝 仔 〈照顧小孩〉

Chit⁴ e⁵ gin²-a²/chiah⁴ peh⁸,/koh⁴ chiah⁴ phang³,/nng⁷ lui² bak⁸–
即兮囝仔即 白, 閣 即 胖, 兩 蕊目

這個小孩長得白白胖胖，兩只

chiu¹/chhiuN⁷ geng⁵-geng²-hut⁸,/na² oe⁷ chiah⁴ ko·²-chui¹ le⁰?/
珠 像 龍 眼 核,那會 即 可 推 咧?

眼睛像龍眼核，怎麼這麼可愛！

Chit⁴ e⁵/si⁷ goa² e⁵ thau⁵-chiuN⁷/cha¹-po·¹-sun¹ koh⁰./
即兮是我兮頭 上 查 夫 孫 嘓。

這個是我第一個孫子。

Iau² be⁷ to·⁷-che³ ho·ⁿ⁰?/
猶 未 度 歲 嘆?

還未周歲吧?

TaN¹-chiah⁴ poeh⁸ geh⁸-jit⁸./
今 即 八 月 日。

現在才8個月大。

"Chhit⁷ che⁷,/poeh⁴ pe⁵,/kau² hoat⁴-ge⁵",/ m⁷ chiok⁴ gau⁵ pe⁵ la⁰./
「七 坐, 八 爬, 九 發 牙」,唔 足 賢 爬啦。

「7(月)坐8(月)爬，9(月)長牙」，是不是很會爬了?

Si⁷ la⁰,/ Pe⁵ tioh⁸/joa⁷-kin² le⁰./Phian³ chit⁴ e⁵ gin²-a²,/kut⁴-thau⁵/
是 啦。爬 着 若 緊 咧。騙　即 兮 囝仔, 骨 頭

是啊，爬得還真快呢！看這個小孩，會腰酸

oe⁷ sng¹./
會 酸。

背疼。

M⁷-ku² ah⁸ hoaɴ¹-hi²./Kam² tng⁷-leng¹ la⁰?/
唔 拘 亦 歡 喜。敢 斷 乳 啦？

不過也很高興吧。斷奶了嗎？

Kho²-lian⁵,/be⁷ lak⁸ geh⁸-jit⁸/tioh⁸ ka⁷ tng⁷./Goa² kong² suiɴ¹ ke³
可 憐,未 六 月 日 着 給 斷。我　講　傷 過

好可憐，還未六個月大就斷奶了。我說：太

kin²,/goan² siɴ¹-pu⁷/m⁷ thiaɴ¹,/kong² he¹/si⁷ ku⁷ thau⁵-nau²,/bu²-
緊, 阮 新 婦 唔 聽, 講 夫 是 舊 頭 腦, 母

快了。媳婦不聽，說那是腦筋舊，母

leng¹/chiah⁸ siuɴ¹ ku²,/tian¹-to³ m⁷ ho²./
乳 食　傷 久, 顛 倒 唔 好。

奶吃太久，反而不好。

Chit⁴-ma²/e⁵ io¹ gin²-a²/teng⁵-pe⁷ kho¹-hak⁸./Ko·²-cha²/goa²
即 滿 兮 幺 囝仔 重 倍 科 學。古 早 我

現在的育兒方式科學多了。從前，我

khoaɴ³ chiaɴ⁵ choe⁷ ng⁵-sng¹-ta³-mih⁴/e⁵ gin²-a²,/chit⁴-ma²/to¹
看　成　多 黃 酸 膽 滅 兮 囝仔, 即 滿 都

看過很多面黃肌瘦的小孩，現在倒

han²-tit⁴ khoaⁿ³-kiⁿ⁰ la⁰./
罕 得 看 見 啦。

難得一見了。

Goa² na⁷ ke¹ ka⁷ thah⁸ saⁿ¹,/goan² sin¹-pu⁷/tioh⁸ ka⁷ thng³ khi⁰-
我 那 加 給 疊 衫，阮 新 婦 着 給 褪 起

我若給多穿衣服，媳婦就給脫下

lai⁰,/kong² gin²-a²/e⁵ thoe²-un¹/pi² toa⁷-lang⁵/khah⁴ koan⁵./
來，講 囝仔兮體 溫 比大 人 較 懸。

來，說：小孩子的體溫比大人高。

Chiau³ lin² sin¹-pu⁷/e⁵ hoat⁴-to⁷/to¹ io¹ kah⁴ chiah⁴ sim¹-sek⁴,/
照 恁新婦兮法度 都 么及 即 心 適，

照你媳婦的方式都養得這麼有趣了，

a¹-ma²/bo⁵ pit⁴-iau³ khi³ chhau¹-hoan⁵./
阿媽無 必 要 去 操 煩。

你這個當祖母的，就不必去操心了。

Li² kong² an²-ni¹/to¹ ah⁸ tioh⁸./Chong² kong²/chit⁸ ku³,/chit⁴ e⁵
汝 講 按呢都 亦 着。總 講 一 句，即兮

你這樣說也對，總之，這個

sun¹/na⁷ bo⁵ su⁷-ko˙³,/ho² io¹-chhi⁷,/goa² tioh⁸ ho²./
孫 那 無事 故，好 么 飼， 我 着 好。

孫子若平安無事，好養育，我就好。

Ju² khoaⁿ³/ju² ho²-thiaⁿ³,/ho˙⁷ goa² chim¹ chit⁰-e⁰,/ ho² m⁰?/
愈 看 愈 好 痛，與 我 唚 一 下，好 唔？

愈看愈可愛，讓我親一下，好嗎？

外來語的翻譯

中國人對於外國人名、地名、新事物，一律用漢字書寫。例如，雷根 (Reagan)、安德洛波夫 (Anderlou-pofu)、尼亞加拉 (Niagara)、快門 (Shutter)、鈾 (Uran)……。我曾在某本書上讀到，有一時期，阿摩尼亞曾有50種譯法呢！

表意文字的漢字，原本就不適合表示外來語音。勉強使用的結果，便形成像上述的例子，因而無法讓大眾簡單易懂地瞭解外國發生的事與科學技術。新知識總是侷限於一小撮知識份子。即使是知識份子，如果專門領域不同，也束手無策。因為大部分的漢字翻譯都沒有附上原文，好像在玩猜字遊戲一般。

現在的台灣人不加批判地將該唸成北京音的譯語改換成台語來唸，如 Stalin＝史達林＝Su^2–tat^8–lim^5，Cuba＝古巴＝$ko.^2$–pa^1等等。如此一直步人後塵，而且和原文差距愈來愈大，情況令人擔心。

以 Cuba 為例，在古巴人都認為別人該當以「正音」稱呼他們的前提下，台灣話有北京話所無的 Khiu 和 ba 等音，不妨將 Cuba 唸成 $Khiu^2$–ba^3，這是我個人的看法。

我一向認為更進一步依循國際通用的外國人名、地名、新事物的唸法，以羅馬字來標記是很好的。這當中除了台語的音韻體系及節奏感外，也有直寫、橫寫等困難的問題存在，但我們應該注意到，漢字其實是妨礙中國近代化的原因之一。

4 Cho·¹ chhu³
租 厝 〈租房子〉

Chit⁴ hu⁷–kun⁷/u⁷–tang³❶ cho·¹ chhu³ bo⁰?/
即 附 近 有 當 租 厝 無？

　　　　　　　　　　　這附近能租到房子嗎？

Si⁷ beh⁴ choe³ khia⁷–ke¹,/ah⁴ si⁷ beh⁴ choe³ su⁷–giap⁸–tiuN⁵?/
是要 做 倚家，抑是要 做 事 業 場？

　　　　　　　　　　是要當住家或是當辦公室？

Beh⁴ choe³ khia⁷–ke¹./Goa² chit⁸ e⁵ Jit⁸–pun² peng⁵–iu²/teh⁴ ai³,/
要 做 倚家。我 一分日 本 朋 友著愛，

　　　　　　　　　住家用的。我一個日本朋友想租，

Li² u⁷ hoat⁴–to·⁷/ka⁷ goa² chhe⁷ bo⁰?/
汝有法度 給我 尋 無？

　　　　　　　　　　　你能幫我找嗎？

Jit⁸–pun²–lang⁵/chhap⁴ tiam³ lan² e⁵ lang⁵/e⁵ lai⁷–bin⁷/khia⁷,/
日 本 人 插 站 咱分人分內面 倚，

　　　　　　　　日本人混在我們台灣人裏面住，

kam² bo⁵ bun⁷–toe⁵?/
敢 無 問 題？

　　　　　　　　　　　沒有問題嗎？

I¹ cheng⁵–kau³–taɴ¹/long² toa³ lu²–sia⁷,/chit⁴ pai²/e⁵ chhut⁴–chhe¹/
伊從　夠　今　攏　帶旅社，即　擺兮　出　差
　　　　　　　他之前都住旅館，這回出差

u⁷ khah⁴ tng⁵,/ji⁵–chhiaɴ² u⁷ phah⁴–sng³ beh⁴ kio³ thai³–thai³/lai⁵,/
有較　長，而　且　有拍　算　要　叫　太　太　來，
　　　　　　時間較長，而且打算叫太太來，

so·²–i²/siuɴ⁷ beh⁴ cho·¹ chhu³./
所以　尙要　租　厝。
　　　　　　　所以想要租房子。

To¹ ah⁸ u⁷ li²–khi³./Ki²–jian⁵ ❷ /si⁷ an²–ni¹,/goa² bong² ka⁷ li² tau³
都亦有理氣。既　然　　是按呢，我　罔　給汝鬪
　　　　　　　說的也有道理。既然如此，我姑且幫你

mng⁷ khoaɴ³–bai⁷./
問　看　覓。
　　　　　　　問問看。

Chia¹/li² u⁷ se³–thau⁵./Li² na⁷ kheng²,/kam² kiaɴ¹ mng⁷ bo⁵?/
者汝有勢頭。汝那　肯，　敢　驚　問　無？
　　　　　　這兒你是有頭有臉的人。你若肯幫忙，還怕找不到嗎？

Si⁷ beh⁴–ai³ chit⁸ keng¹ chhu³,/ah⁸–si⁷ kong¹–gu⁷/ah⁸ bo⁵–iau³–
是要愛一　間　厝，抑是公　寓亦無要
　　　　　　　是要獨立一棟，還是公寓也不要

kin²?/
緊？
　　　　　　　緊？

Siong⁷ ho²/si⁷ chit⁸ keng¹ chhu³,/khah⁴ boe⁷ chhap⁴-chap⁸./

上　好　是　一　間　厝，較　𣍐　插　雜。

　　　　　　　最好是獨立一棟，比較不會麻煩。

Tioh⁸-ai³ keng² ho² chhu³-piᴺ¹./Put⁴-ji⁵-ko³/li² hit⁴ e⁵ Jit⁸-pun²

着　愛　揀　好　厝　邊。不而過汝彼兮日本

　　　　　得選個好鄰居才行。不過，你那位日本

peng⁵-iu²/na⁷ jia²-su⁷/tioh⁸ hui³-khi³./

朋　友　那　惹　事　着　費　氣。

　　　　　　　　朋友若惹事，就不好辦了。

Boe⁷ la⁰./Goa² kaᴺ² ka⁷ li² pao¹-niã²,/Lang⁵/chiaᴺ⁵ ko·²-i³,/

𣍐　啦。我　敢　給汝包　領，人　成　古　意，

　　　　　　不會啦。我敢向你保證，他真老實，

iu⁷-koh⁴ chin¹ phok⁴-so·³./Sui⁵-jian⁵/choe³ chit⁸ e⁵ hap⁸-pan⁷/e⁵

又　閣　眞　朴　素。雖　然　做　一　兮合弁兮

　　　　　　　又樸素。雖然當一家合資

kong¹-si¹/e⁵ hu³-chhiuᴺ²-tiuᴺ²,/long² boe⁷ sang²-se³,/tui³ Tai⁵-oan⁵-

公　司兮副　廠　長，攏　𣍐　爽　勢,對　台　灣

　　　　　公司的副廠長，一點架勢也沒有，對台灣

lang⁵/chiok⁴ u⁷ li²-kai²./

人　足　有　理解。

　　　　　　　　　　人很有理解。

Chai¹-iaᴺ² la⁰./Teh⁴-te⁷,/sia⁷-le²/chiau³-khi²-kang¹ chhut⁴/tioh⁸

知　影　啦。壓　地、謝　禮　照　紀　綱　出　着

　　　　　　　知道了。押金和禮數照規矩來

ho²./
好。

就行了。

〔註釋〕

❶ u⁷ te³ thang¹（有地通）的略語。否定說法是 bo⁵–tang³（無當）。意思是〈有／沒有能～的地方〉。
bo⁵–tang³ chioh⁴ chin⁵／（無當借錢）〈沒有可以借錢的地方〉
u⁷–tang³ khun³／（有當困）〈有地方睡〉
❷接續詞。〈既然～〉，屬文言的用法。

5 Chhiaⁿ² lang⁵–kheh⁴
請　人　客　　〈請客〉

Khi² lai⁵ che⁷ o·⁰./
起　來　坐　哦。

請進來坐！

Kin¹–a² –jit⁸/bo⁵ soe³–ji⁷/lai⁵ ho·⁷ lin² chhiaⁿ²./
今　仔　日　無　細　膩　來　與　恁　請。

今天不客氣來讓您招待了。

Ti⁷ –si⁵/chhiaⁿ² Leng⁵–bok⁸ sian¹–siⁿ¹/oe⁷–tit⁴❶ kau³,/chin¹ kong¹–
底　時　請　　鈴　木　先　生　會　得　夠，眞　光

難得請得到鈴木先生，

eng⁵./
榮。

光榮之至。

Goan⁵–pun² u⁷ teh⁴ siuⁿ⁷–kong² bo⁵ lai⁵ ka⁷ lin² khoaⁿ³ chit⁰–e⁰,/
元　本　有　著　尙　講　無　來　給　您　看　一　下，

原本就在想，不來看看您

boe⁷–eng⁷–tit⁰./
bē用　得。

不行。

E⁷–hng¹/bo⁵–siaᴺ²–he³❷,/chu² kui² oaᴺ² pian⁷–chhai³/niaᴺ⁷–nia⁷./

下 昏 無 啥 貨，煮 幾 碗 便 菜 而 已。

今晚沒什麼招待，就幾樣便菜而已。

Pi² khi³ goa⁷–khau²/chhai³–koan²/chhiaᴺ² goa⁰/khah⁴ u⁷ seng⁵–i³./

比 去 外 口 菜 館 請 我 較 有 誠 意。

比到外面餐館請我來得有誠意了。

Sian¹–siᴺ¹/ai³ sim²–mih⁸ chiu²?/Siau⁷–heng¹–chiu²/lim¹ u⁷ koan³–si³/

先 生 愛 甚 麼 酒？紹 興 酒 淋 有 慣 勢

先生喜歡什麼酒？紹興酒喝得習慣

bo⁵?/

無？

嗎？

Goa² chhin³–chhai² ho²./Thai³–thai³/m̄⁷–thang¹ bo⁵–eng⁵./

我 稱 彩 好。太 太 唔 通 無 閑。

我隨便。不勞煩太太您了。

Ho²,/li² tioh⁸ lim¹ ho·⁷❸ khi²,/Goa² liam⁵–piᴺ¹ khi³./

好，汝 着 淋 與 起，我 連 鞭 去。

好，您儘量喝，我馬上就去。

Chu² chiah⁴ chhin¹–chhau¹./Leng²–poaᴺ⁵/koh⁴ hi⁵–chhi³,/koh⁴

煮 即 鮮 誃。冷 盤 閣 魚 翅，閣

菜色這麼豐盛，冷盤和魚翅，有

chiN³–lo·⁷/koh⁴ tong¹–pho·–bah⁴,/koh he²–ko¹,/ah⁸ u⁷ tiᴺ¹–thng¹./

揤 路 閣 東 坡 肉，閣 火 鍋，亦 有 甜 湯。

炸的、有東坡肉、有火鍋，還有甜湯。

In¹ Ong⁵-ka⁰/si⁷ toa⁷ ka¹-chok⁸,/tu² tioh⁸ siɴ¹–jit⁸ la⁰,/choe³-ki⁷
忸 王 家是大家族，抵着 生日啦、做 忌

　　　　　　　　　他們王家是大家族，每逢生日、做忌日、

la⁰,/ke³-ni⁵ la⁰,/ta¹-ke¹/sin¹-pu⁷/long² loh⁸ khi³ chau³-kha¹,/tau³-
啦、過年啦，大家新婦攏 落去 灶 跤，鬪

　　　　　　　　過年，婆媳都會去廚房幫忙，

kha¹-chhiu²,/khoaɴ³ lai⁵❶ khoaɴ³ khi³,/chu⁷–jian⁵ tioh⁸ oh⁸ kui²
跤 手，看 來 看　去，自 然 着 學 幾

　　　　　　　　　　看久了，自然而然就學了

po·⁷ a⁰./
步 啊。

　　　　　　　　　　　　　　　　　幾招。

Chit⁴-ma²/e⁵ siau³-lian⁵ e⁰/chiu⁷ te³ boe⁷ tioh⁸ la⁰./
即　滿兮少年兮就對 儱着啦。

　　　　　　　　　　　現在的年輕人就跟不上了。

Bo⁵ la⁰./Ka¹-ti⁷ chu²,/khah⁴ seng²,/iu⁷–koh⁴ u⁷ oe⁷–seng¹./
無啦。家己煮，較 省，又 閣有衛 生。

　　　　　　　哪裡哪裡，自個兒做菜，比較節省，又有衛生。

Ho·⁷ lin² chhiaɴ² chin¹ pa²,/chin¹ kam²–sia⁷./
與 恁 請　眞 飽，眞 感 謝。

　　　　　　　　　　讓您請得很飽，非常感謝。

Bo⁵–iaɴ² la⁰,/phian³-chhui³-phian³-chhui³./
無 影啦，騙　喙　騙　喙。

　　　　　　　　　　哪裡，塞塞嘴吧而已。

〔註釋〕

❶情意詞。否定形是 boe⁷–tit⁴（無–會得）。表示可能獲得某種動作狀態的判斷。比 oe⁷–tit⁴（會～得）要積極。

❷ bo⁵–siaɴ²（無啥）是〈沒有什麼⋯⋯〉，例如，bo⁵–siaɴ² mih⁸–kiaɴ⁷／（無啥物件）〈沒有什麼東西〉，bo⁵–siaɴ² sui²／（無啥美）〈沒什麼漂亮〉。另外，siaɴ²也可和 he³結合，變成〈什麼東西〉的意思，是很罕見的用法。

❸具有〈使得⋯⋯〉〈讓它⋯⋯〉意思的介詞。原則上介詞之後出現名詞性受詞，但只要對象是第三人稱單數 i¹（伊）時，可以省略。

❹～lai⁵～khi³〈一會兒做～一會兒做～〉，一個動作由同一人或好幾個人交叉進行。

thai⁵　lai⁵ thai⁵　khi³／（刣來刣去）〈互相砍殺〉

kong² lai⁵ kong² khi³／（講來講去）〈講講這個，又講講那個〉

在東京外語大授課

1966年4月開始，我在東京外國語大學講授台語。正式的課程名稱爲「中國方言特殊研究」，以中文系3、4年級爲對象，是高年級課程之一。

這也許和我在這一年3月得到博士學位有關吧！當時的中文系系主任長谷川寬教授突然向我提及講授台語一事，我立刻答應了。之後十四年間，每年有十個左右的學生來聽課，教起來很愉快。另外，在東京教育大學文學院遷到筑波之前的4年時間，我也教過台語。

每年4月開學時，我都對學生說：「這門課恐怕是世界上唯一正式的台語課程，希望各位以此自豪。我教台語比教北京話來得快樂。不過這門課必定有助於各位學習北京語。」

教科書一直是使用《台語入門》。這次《台語初級》已經寫成，應該也可以利用這本書了。這是一週一節90分鐘的課，學生素質不錯，能夠輕鬆上完。然後就以台灣歌謠或 Seng³-keng¹（聖經，Bible）爲補充教材。學期末測驗學習成果時，學生們不單已有簡單的聽力，也能作數分鐘的演講。

有學生和台灣留學生有往來，得意地向他們說：「我們在學台語哦！」據說竟得到「學台語有什麼用！」的回答。那位學生向我訴苦說：「怎麼會這樣？」，我也只能笑著搪塞：「是會有這種台灣人！」

⑥ Ke³ cha¹-bo·²-kiaⁿ²　〈嫁女兒〉
嫁 查 姥 囝

Cha⁷-hng¹/chiap⁴ tioh⁸ li² e⁵ chhiaⁿ²-thiap⁴,/chiah⁴ chai¹-iaⁿ²
昨 昏 接 着 汝兮 請 帖， 即 知 影

　　　　　　　昨天接到您的請帖，才知道

leng⁷-ai³/choe³ chiaⁿ⁵,/ti⁷ chit⁴ e⁵ geh⁸-be³/beh⁴ kiat⁴-hun¹./Sit⁸-
令 愛 做 成，著即兮月尾 要 結 婚。實

　　　　　　令嬡的婚事談成了，這個月底要結婚，

chai⁷/chin¹ kiong¹-hi²./
在 眞 恭 喜。

　　　　　　　　非常恭喜。

To¹-sia⁷./Siau²-lu²/cheng⁵ soe³-han³,/put⁴-chi² siu⁷ li² thiaⁿ³-
多 謝。小 女 從 細 漢， 不 止 受 汝 痛

　　　　　　謝謝！小女自小就很受您疼愛，

thang³,/un¹-cheng⁵/chin¹ toa⁷./
疼， 恩 情 眞 大。

　　　　　　　　恩重如山。

Khi³ Tai⁵-pak⁴/thak⁸ tai⁷-hak⁸,/kui²-a²-ni⁵/bo⁵ khoaⁿ³-kiⁿ⁰,/
去 台 北 讀 大 學,幾 仔年 無 看 見,

　　　　　　去台北讀大學，好幾年沒見，

tioh⁸ liam⁵-piɴ¹ beh⁴ ke³ la⁰./Chin¹ kin².
着　連　鞭　要　嫁　啦。眞　緊。

　　　　　　　　　　一下子就要嫁人了，眞快。

Long² si⁷ ian⁵ la⁰./Siok⁴-hui⁷/kap⁴ kiaɴ²-sai³-koaɴ¹/e⁵ sio²-be⁷/
攏　是　緣　啦。淑　惠　佮　囝　婿　官　兮　小　妹

　　　　　都是緣份啦。淑惠和新郎倌的妹妹

tong⁵-oh⁸,/khi³ in¹ tau¹/chhit⁴-tho⁵/sio¹-bat⁴ e⁰./Khia⁷-sng³ sio²-
同　學，去　恁　兜　迌　迌　相　捌　兮。倚　算　小

　　　　是同學，去他們家玩時認識的。算是

ko⁻¹-a²/choe³ hm⁵-lang⁵./
姑仔做　媒　人。

　　　　　　　　　　　小姑當媒人。

Siok⁴-hui⁷/koai¹/koh⁴ sui²,/lian⁵ goa²/to¹ kam²-kak⁴ chin¹ m⁷-
淑　惠　乖　閣　美，連　我　都　感　覺　眞　唔

　　　　　淑惠乖巧又美麗，連我都感到捨不得，

kam¹,/Hong³-kiam¹/si⁷ si⁷-toa¹-lang⁵./
甘，況　　兼　是　是　大　人。

　　　　　　　　　　何況是爲人父母的。

"Lu² tai⁷/tong¹ ka³",/cha¹-bo⁻²-kiaɴ²/si⁷ lang⁵ e⁵./Na² u⁷ hoat⁴-to⁷
「女大當嫁」，查　姥　囝　是　人　兮。那　有　法　度

　　　　　「女大當嫁」，女兒是別人的，有什麼辦法

le⁰?/
咧？

　　　　　　　　　　　　呢？

Kiaᴺ²–sai³–koaᴺ¹/teh⁴ chhong³ sim²–mih⁰?/
囝 婿 官 著 創 甚 麼？

令婿在哪裡高就？

Choe³ Keng¹–che³–po·⁷/e⁵ kho¹–tiuᴺ²./
做 經 濟 部兮科 長。

在經濟部當科長。

Chin¹ chai⁵–cheng⁵,/ah⁸ si⁷ sim²–mih⁸–khoan² ka¹–teng⁵ ?/
眞 才 情，亦 是 甚 麼 款 家 庭？

真是年輕有爲，家庭背景如何？

Thiaᴺ¹–kiᴺ³–kong² si⁷ Chiong¹–hoa³/e⁵ se³–ka¹./Chhin¹–ke¹/si⁷
聽 見 講 是 彰 化兮世家。親 家 是

聽説是彰化的世家。親家公是

Siong¹–kang¹–gun⁵–hang⁵/e⁵ tang²–su⁷–tiuᴺ²./
商 工 銀 行兮董 事 長。

商工銀行的董事長。

An²–ni¹,/mng⁵–hong¹/u⁷ siong¹–tong¹,/chit⁴ e⁵ chhin¹–chiaᴺ⁵/chin¹
按 呢，門 風 有 相 當，即兮親 成 眞

這樣門當戶對，這門親事很

ho² ma⁰!/
好 嘛！

好嘛。

Bo⁵ ke³/m⁷ chai¹–iaᴺ²./Le²–so·³ la⁰,/ke³–chng¹ la⁰,/lan² choe³ oe⁷
無 嫁 唔 知 影。禮 數 啦、嫁 粧 啦，咱 做 會

沒嫁也不知道。禮數啦，嫁粧啦，我們做

kau³ e⁰, /to¹ ka¹ choe³ la⁰./

夠兮,都給做 啦。

得到的，都做了。

Si⁷ beh⁴ chhiaɴ² joa⁷-choe⁷ lang⁵?/

是要 請　若多 人？

要請多少客人？

Lam⁵ peng⁵/lu² peng⁵/piɴ⁵-piɴ⁵ pah⁴ go·⁷ e⁵./

男 昐 女 昐 平 平 百 五 兮。

男方、女方一樣各150人。

Ho·³,/chhiaɴ² kah⁴ saɴ¹ chap⁸ te³❶ toh⁴./

嘆，　請　及　三 十 地 桌。

哦，請那麼多30桌啊。

~~~~~~~~~~~~~~~~~~~

〔註釋〕

❶計算固體的量詞 te³，一直是借用〝塊〞(koai³) 來標示。例如，Saɴ¹-te³-chhu³ 是〈三間房子，地名〉，以〝三塊厝〞來表記。日本人唸作 Sankaiseki。另外 sau³-te³（掃地）〈打掃〉，tin³-te³（鎮地）〈佔地方〉的〝地〞也可用〝塊〞來標示，但我個人認為，用〝地〞比較好，只是聲調上有不對應之處，令人覺得有些不妥當。

7 E⁷-hng¹-tng³ 下昏 頓 〈晚飯〉

Pak⁴-to·²/iau¹ la⁰ o·⁰,/Oe⁷-tang³ sui⁵ chiah⁸/boe⁷?/
腹肚 枵 啦哦,會 當隨 食 艙?

我肚子餓了，可以馬上吃嗎？

Taⁿ¹-chiah⁴ teh⁴ chu² pug⁷./Am³-thau⁵-a²/keh⁴-piah⁴/e⁵ Kui³-hoe¹
今 即 著 煮 飯。暗 頭仔隔 壁兮桂花

現在才在做飯。傍晚時，隔壁的桂花

chim²-a⁰/bo⁵-tiuⁿ¹-ti⁵/lai⁵ chhe⁷ goa² kong² oe⁷,/so·²-i² am³-tng³/
嬸仔無 張持來 尋 我 講 話,所以暗頓

嬸忽然來找我講話，所以晚餐

chun²-pi⁷/u⁷ khah⁴ chhian⁵ si⁵-kan¹./
準 備有較 遷 時間。

準備得晚了一點。

Chham²,/chham²./Cheng⁵-kau³-taⁿ¹/kui²-a² pai² la⁰./
慘, 慘。 從 夠今 幾仔擺啦。

真慘。至今好幾次了！

Phaiⁿ²-se³/phaiⁿ²-se³,/li² ka⁷ goa² tau³-kha¹-chhiu²/ho²/m⁷?/
歹 勢歹 勢,汝給我 鬥 跤 手 好唔?

對不起啦。你來幫我忙好嗎？

Ha⁷–pan¹/tng² lai⁰/sian⁷–tauh⁴–tauh⁴**❶**,/beh⁴ kio³ goa² tau³–kha¹–
下 班 轉 來 善 篤 篤， 要 叫 我 鬥 跤
　　　　　　　下班回來累得要死，還要叫我幫

chhiu² sian²–he³?/
手 啥 貨？
　　　　　　　　　　　　　　什麼忙？

M⁷–thang¹ siu⁷–khi³ hoˑɴ⁰,/chhut⁴ khi³ tian⁵–lin⁰/siu¹ saɴ¹,/khng³–
唔 通 受 氣 嘆， 出 去 埕 裡 收 衫，囥
　　　　　　　不要生氣嘛！你去院子收衣服，

khng³ tiam³ na⁵–a²/tioh⁸ ho²,/chiah⁸ pa²,/goa² chiah⁴ lai⁵ chih⁴./
囥 站 籃 仔 着 好， 食 飽， 我 即 來 摺。
　　　　　　　　放在衣籃裡就好，吃飽後我才來摺。

Lian⁵ saɴ¹/ah⁸ iau² be⁷ siu¹./Ah⁸ ek⁸–keng¹/u⁷ khi²/bo⁵?/
連 衫 亦 猶 未 收。亦 浴 間 有 起 無？
　　　　　　　　連衣服也沒收。那洗澡水燒好了嗎？

Bo⁵ le⁰,/an³–sng³ bin⁵–a²–chai³/m⁷ soe²–saɴ¹./
無 咧，按 算 明 仔 再 唔 洗 衫。
　　　　　　　　　沒有，打算明天不洗衣服。

Kui¹ seng¹–khu¹ tang⁷–koaɴ⁷,/li² ma⁷ ka⁷ goa² tong⁵–cheng⁵ le⁰./
歸 身 軀 重 汗，汝 也 給 我 同 情 咧。
　　　　　　　　　　全身臭汗，你也同情我吧。

Sit⁴–le² la⁰,/pai³–thok⁴ li² hiaɴ⁵ sio¹–chui²,/khi³ ek⁸–keng¹/chang⁵./
失 禮 啦，拜 託 汝 焚 燒 水， 去 浴 間 灒。
　　　　　　　　對不起啦，麻煩你燒熱水去浴室沖澡。

Beh⁴-a²-chiu²/u⁷ peng¹/bo⁵?/
麥 仔 酒 有 冰 無？

> 啤酒冰了嗎？

U⁷ la⁰,/ti⁷ peng¹-siuN¹,/li² ka¹-ti⁷ koaN⁷ lai⁵ lim¹./Chiu²-chhai³/u⁷
有啦,著 冰 箱,汝家已揎 來 淋。酒 菜 有

> 有啦，在冰箱，你自己拿來喝。下酒菜有

Kui³-hoe¹ chim²-a⁰/tu²-chiah⁴/theh⁸ lai⁰/e⁵ ang⁵-chim⁵./
桂 花 嬸仔抵 即 提 來分紅 蟳。

> 桂花嬸剛剛送來的紅蟳。

Kah⁴ u⁷ ang⁵-chim⁵/thang¹ chiah⁸,/Kui³-hoe¹ chim²-a⁰/to¹ ah⁸
及 有 紅 蟳 通 食，桂 花 嬸仔都 亦

> 還有紅蟳可吃，那桂花嬸可真

gau⁵ choe³-lang⁵./
賢 做 人。

> 會做人！

〰〰〰〰〰〰〰〰〰〰〰

〔註釋〕

❶擬態形容詞片語。本身可構成完整的陳述句。台語是擬態形容
  詞片語相當發達的語言。

  ang⁵-ki¹-ki¹／（紅枝枝）紅通通，口紅之類的金屬性赤紅。

  tin¹-but⁴-but⁴／（甜剉剉）非常地甜，甜到不能入口。

  hoe¹-ko⁵-ko⁵／（花糊糊）支離破碎，說話或工作亂七八糟。

蘇東坡妙解福建話

蘇東坡(1036～1101)某夜在翰林院和數位同僚一起值夜，為了打發時間而品評牆壁上的畫。這是一張畫有幾個男人正高興地賭骰子的圖畫：已經有五個骰子擲出了6點，還剩一顆骰子在轉動，其旁有一男子目光嚴峻地張口叫著。

「那一定是擲出了6點，他正叫著6。」有一同僚如此說。蘇東坡道：「沒有錯，但那個男人是福建人哦！」衆人皆驚訝地問：「你怎麼知道？」「因為其他方言的〝六〞，都是合口（含有 u 韻）音，只有福建話是開口音，所以他才會張口啊！」大家佩服地說：「原來如此。」

這是記載於岳飛之孫岳珂所寫的《桯史》中的一段軼事（俞樾《茶香室叢鈔》）。蘇東坡屬於舊黨，和新黨的政爭失敗後，被流放至廣東省惠州，再徙海南島。因而有機會和貶謫之地的福建人相處，所以他多少懂一點福建話。

但是，話說〝六〞在福建話（台語）的文言音是〝liok8〞，白話音是〝lak8〞。如今據北京大學中國語言文學系所編《漢語方音字匯》的記載，將〝六〞以寬母音〔a〕來發音的方言，只有福建話而已。而且並非剛好〝六〞才有這種情況，〝六〞所屬的3等東屋韻——〝蟲〞thiong[5]：thang[5]，〝逐〞tiok[8]：tak[8]，更進而連 1 等東屋韻——〝東〞tong[1]：tang[1]，〝公〞kong1：kang[1]，〝木〞bok[8]：bak[8] 都可以發現。但在音韻學上要探討其理由就相當棘手了。

8 Chiah⁸–chiu²–chui³
食 酒 醉 〈酒醉〉

Ai¹–io⁰, /li² khoaᴺ³ !/chiah⁸–chiu²–chui³ !/
嗳唷,汝看! 食 酒 醉!

> 哎呀,你看,喝醉了!

U⁷–iaᴺ², /khok⁸–khok⁸ tian¹, /tian¹ lai⁵ tian¹ khi³./
有影, 硞 硞 顛, 顛 來 顛 去。

> 真的,走起路來顛來倒去。

Goa² thoe³ i¹ hoan¹–lo²./M⁷–chai¹ tian¹ oe⁷ tng² thi³ kau³ chhu³–lin⁰/
我 替伊煩 惱。唔 知 顛 會 轉去 夠 厝 裡

> 我真替他擔心,不知能不能顛着回到家

boe⁷ ?/
𣍐?

> ?

Chiu²/na² tioh⁸ lim¹ kah⁴ an²–ni¹./Ka¹–ti⁷/boe⁷–hiau² chun²–chat⁴./
酒 那 着 淋 及 按 呢。家 己 𣍐 曉 準 節。

> 酒何必喝成這個樣子,自己也不會節制。

Si⁷ hong⁵❶ koan³ e⁰, /ah⁴–si⁷ ka¹–ti⁷ ai³ lim¹ e⁰?/
是 與人 灌 兮, 抑 是 家 己 愛 淋 兮?

> 是被灌的,還是自己愛喝?

M⁷-koan²❷ i¹ an²-choaɴ²,/lim¹ kah⁴ an²-ni¹,/kam² boe⁷ kiaɴ¹
唔 管 伊 按 怎， 淋 及 按 呢，敢 繪 驚

　　　　　　不管怎樣，喝成這樣，難道不怕

phaiɴ²-khoaɴ³,/kam² boe⁷ ka¹-ti⁷ kian³-siau³?/
歹 看， 敢 繪 家 己 見 笑？

　　　　　　難看，難道自己不害羞？

Li² ma⁷ boe⁷-tang³ kong²-toa⁷-siaɴ¹-oe⁷./Chhiuɴ⁷ hit⁴ mi⁵/lim¹
汝 也 繪 當 講 大 聲 話。 像 彼 冥 淋

　　　　　　你也不必吹牛。像那天晚上，你不也是喝

kah⁴ chui³-bang⁵-bang⁵,/ho·⁷ peng⁵-iu²/eng⁷ chhia¹/ka⁷ li² sang³
及 醉 濛 濛， 與 朋 友 用 車 給 汝 送

　　　　　　得醉醺醺，讓朋友開車送

tng⁰-lai⁰./
轉 來。

　　　　　　回來。

I²-cheng⁵/to¹ m⁷ bat⁴ an²-ni¹./Hai⁷ goa² keh⁴-tng² jit⁸/khi³ gian²-
以 前 都 唔 捌 按 呢。害 我 隔 轉 日 去 研

　　　　　　以前都不曾這樣。害我隔天去研

kiu³-so·²/tui³-so·²-tiuɴ²、/tui³ tong⁵-liau⁵/chit⁸ e⁵ chit⁸ e⁵/pun¹ hun¹/
究 所 對 所 長、對 同 僚 一 兮 一 兮 分 燻

　　　　　　究所，跟所長、同事一個個遞煙

chhe⁷ sit⁴-le²./
坐 失 禮。

　　　　　　賠失禮。

Chit⁴-ma²/na⁷ koh⁴ toe⁷-ji⁷ pai²、/toe⁷-saN¹ pai²,/li² tioh⁸ bo⁵ sin³-

即 滿 那 閣 第二擺、第三 擺,汝 着 無 信

　　　　　　　現在若再有第二次、第三次，你就没信

iong⁷ khi⁰,/soah⁴-be²/oe⁷ hong⁵ thai⁵-thau⁵/o⁰./

用 去, 煞 尾 會 與人刨 頭 哦。

　　　　　　　　　用了，到頭來會被開除哦。

Au⁷-pai²/m⁷ kaN² la⁰./Lan² m⁷-thang¹ khi³ ho⁷ i¹ tiN⁵ tioh⁰,/

後 擺 唔 敢 啦。咱 唔 通 去 與 伊 纏 着,

　　　　　　　下次不敢了。我們不要讓他纏着,

Koan²-kin² kiaN⁵ ke⁰./

趕 緊 行 過。

　　　　　　　　　　　趕緊走吧。

Li² ka⁷ i¹ thiaN¹,/teh⁴ liam⁷ tang¹ liam⁷ sai¹./

汝給伊聽, 著 念 東 念 西。

　　　　　　　　你聽，還在嘮嘮叨叨。

Ah⁸ na² chhio³,/ah⁸ na² hau²,/Sim¹-lai⁷/chiok⁴ ut⁴-chut⁴/e⁵ khoan²./

亦 那 笑, 亦 那 吼, 心 內 足 鬱 悴 兮 款。

　　　　　　　似笑似吼，心情很鬱悶的樣子。

Lang⁵ teh⁴ kong² "Chiah⁸ chiu²/kai² iu¹-chhiu⁵",/goa² m⁷ sin³./

人 著 講 「食 酒 解 憂 愁」, 我 唔 信。

　　　　　　　人家説「喝酒解憂愁」，我不相信。

〔註釋〕

❶ ho·⁷ lang⁵（與人）的短縮形態，介詞。

❷接續詞，〈～不管怎樣都～，無論怎樣都～〉。也可說 put⁴–koan²（不管）。

❸～tang¹～sai¹（～東～西）〈做這做那、這邊做那邊做〉，做些不得要領之事。

　　kong² tang¹ kong² sai¹／（講東講西）〈説這説那〉

　　pin³ tang¹ pin³ sai¹／（變東變西）〈弄東弄西〉

9 計 程 車 ke³-theng⁵-chhia¹ 〈計程車〉

Chia¹/u⁷-tang³ kio³ ke³-theng⁵-chhia¹/bo⁵?/
者 有 當 叫 計 程 車 無？

這裡叫得到計程車嗎？

Kiaɴ⁵ kui² hun¹-cheng¹-a²,/chhut⁴ khi³ kau³ toa⁷-lo·⁷,/tioh⁸ sui⁵
行 幾 分 鐘 仔，出 去 夠 大 路，着 隨

走幾分鐘，去到大馬路，就立即

chah⁸ oe⁷ tioh⁸./
閘 會 着。

叫得到。

Su¹-ki¹,/Tai⁵-pak⁴ chhia¹-thau⁵/koaɴ²-kin²./
司機，台 北 車 頭 趕 緊。

司機先生，到台北車站，趕快。

Ho²,/chai¹-iaɴ² la⁰./
好，知 影 啦。

好，知道了。

U⁷ chiau³ pong⁷-pio² ho·ɴ⁰?/
有 照 碰 表 嘆？

有按錶收費嗎？

Kun⁷-cham⁷/long² ma⁷ chiau³ pong⁷-pio²./

近 站 攏 也 照 磅 表。

短程的也都按錶計費。

Ah⁸ hng⁷ lo·⁷/m⁷ tioh⁸ oe⁷ chhut⁴ tit⁰?/

亦 遠 路 唔 着 會 出 得？

那長程的，不就可出價囉？

PhaiN² kong² la⁰,/khoaN³ khoan²./

歹 講 啦，看 款。

難說，看情形。

Soe³-ji⁷ sai²,/siN³-mia⁷/m⁷-si⁷ teh⁴ kap⁴ li² poh⁴./

細膩駛，性 命 唔 是 著 佮 汝 卜。

小心駕駛，生命不是跟你賭的。

Goa² ma⁷ bo⁵ ai³ si²./Lang⁵-kheh⁴-koaN¹,/si⁷ beh⁴ hu³ kui² tiam²/

我 也 無 愛 死。人 客 官，是 要 赴 幾 點

我也不想死。先生，你是趕幾點

e⁵ he²-chhia¹?/

兮火 車？

的火車？

Si³ tiam²/chap⁸ go·⁷ hun¹/e⁵ loh⁸-lam⁵/e⁵ khoai³-chhia¹./

四 點 十 五 分兮落 南兮快 車。

四點十五分的南下快車。

An²-ni¹/u⁷ khah⁴ lim²/o·⁰./

按 呢 有 較 凜 哦。

這樣時間有點不夠哦。

Boe⁷ hu³/tioh⁸ chiah⁸–lat⁸./PiaN³ khoaN³–bai⁷ le⁰./

𣍐 赴着 食 力。拼 看 覓 咧。

> 趕不上就慘了，拚看看。

Lo·⁷/chiah⁴–lin⁰ khoeh⁴,/keng²–chhat⁴/koh⁴ hiah⁴–lin⁰ choe⁷,/

路 即 呢 夾， 警 察 閣 彼 呢 多，

> 路這麼擁擠，警察又那麼多，

liah⁸ tioh⁰/chiu⁷ hau²–thiaN³./

搦 着 就 吼 痛。

> 被逮到就完了。

PiaN³ na⁷ oe⁷ hu³,/chit⁸ pah⁴ kho·¹/siuN² li⁰./

拼 那 會 赴，一 百 箍 賞 汝。

> 趕得上的話，一百元賞給你。

Kah⁴ u⁷ chit⁸ pah⁴/thang¹ choan²,/ho²,/tian² chit⁸ e⁵ pun²–su⁷ le⁰./

及 有 一 百 通 轉， 好， 展 一 兮 本 事 咧。

> 既有一百元可賺，好，展現一下我的本領吧。

10 Ong²-chin²
往 診 〈出診〉

Si⁷ an²-choaɴ²?/To²-ui⁷/teh⁴ m̄⁷ ho²?/
是 按 怎？何 位 著 唔 好？

怎麼了？哪裡不舒服？

Sian¹-siɴ¹,/chit⁴ e⁵ gin²-a²/cheng⁵ cha⁷-hng¹/jiat⁸ boe⁷ the³,/iu⁷-
先 生，即 兮 囝仔 從 昨 昏 熱 繪 退，又

醫生，這個小孩從昨天就高燒不退，又

koh⁸ lau³-sai²/lau³ boe⁷ chi²./M̄⁷-chai¹ u⁷ iau³-kin² bo⁰?/
閣 落 屎 落 繪 止。唔 知 有 要 緊 無？

拉肚子拉不停。不知要不要緊？

Seng¹ lai⁵ niu⁵ jiat⁸./Na⁵-au⁵/goa² khoaɴ³./
先 來 量 熱。咽 喉 我 看。

先量體溫。我看一下喉嚨。

Koai¹ kiaɴ²/m̄⁷-thang¹ hau²,/liam⁵-piɴ¹ liau²./
乖 囝 唔 通 吼，連 鞭 了。

乖孩子，不要哭，馬上就好了。

Pak⁴-to·²/goa² bong¹ khoaɴ³-bai⁷./U⁷ hong¹./
腹 肚 我 摸 看 覓。有 風。

肚子我摸看看。有脹氣。

M⁷–na⁷ lau³,/ah⁸ koh⁴ tho·³./Cha⁷–hng¹–mi⁵/tho·³ nng⁷ saN¹ pai²./

唔但落，亦閣吐。昨 昏 冥吐 兩三 擺。

> 不但拉肚子，而且又吐，昨晚吐了兩三次。

U⁷ chiah⁸ sim²–mih⁸ m⁷ ho² e⁰?/

有 食 甚 麼 唔好 兮？

> 是不是吃了什麼髒東西？

To¹ ah⁸ bo⁵ le⁰./Kap⁴ in¹ toa⁷–chi²/piN⁵–piN⁵ an²–ni¹/chiah⁸./

都 亦 無 咧。佮 怹大 姊平 平 按 呢 食。

> 沒有，跟他大姊一樣這麼吃的。

Koan⁵–tioh⁰/oe⁷ tui³ pak⁴–to·²/lai⁵./Bian² siuN¹ hoan⁵–lo²./

寒 着 會 對 腹 肚 來。免 傷 煩 惱。

> 感冒也會鬧肚子，不必太煩惱。

KhoaN³ i¹ kan¹–kho·² kah⁴ an²–ni¹,/chiok⁴ kho²–lian⁵./Na⁷ oe⁷–

看 伊 艱 苦 及 按 呢，足 可 憐。那 會

> 看他苦成這個樣子，很可憐。若能

tang³ thoe³ i⁰/m⁷ chin¹ ho²?/

當 替 伊 唔 眞 好？

> 代替他，不也很好？

Chu³ chit⁸ ki¹ sia⁷/ho·⁷ i¹ khah⁴ kin² the³–jiat⁸./Khah⁴–theng⁵–a²/

注 一 枝 射 與 伊 較 緊 退 熱。較 停 仔

> 幫他打一針，讓他早些退燒。等一下

chiah⁴ lai⁵ theh⁸ ioh⁸–a²./

即 來 提 藥 仔。

> 才來拿藥。

Chin¹ lo·²–lat⁸./Chit⁴ bin⁷–thang² chui²/ho·⁷ li² soe² chhiu²./

眞 努 力。即 面 桶 水 與 汝 洗 手。

真多謝！這臉盆水讓你洗手。

11 Jit⁸-pun² koan¹-kong¹
日 本 觀 光 〈日本觀光〉

Ti⁷-si⁵/tng² lai⁰?/

底 時 轉 來？

什麼時候回來的？

Cha⁷-hng¹/kau³ ui⁷ le⁰./

昨 昏 夠 位 咧。

昨晚到達的。

Jit⁸-pun²/u⁷ khah⁴ koaɴ⁵ bo⁰?/

日 本 有 較 寒 無？

日本是不是冷一些？

Koaɴ⁵ chit⁸-e⁷/to¹ beh⁴ si² la⁰./

寒 一 下 都 要 死 啦！

冷得就快凍死了。

Khi³ chhit⁴-tho⁵ kui² ui⁷?/

去 迌 迌 幾 位？

玩過幾個地方？

Tui³ Han⁵-kok⁴/seh⁸ khi³ Jit⁸-pun²,/seng¹ tiam³ Tai⁷-pan²/loh⁸

對 韓 國 旋 去 日 本，先 站 大 阪 落

從韓國轉去日本，先在大阪下

hui¹-ki¹,/chiu⁷ khi³ chhit⁴-tho⁵ Kiaɴ¹-to·¹、/Nai⁷-liong⁵、/Sin⁵-ho·⁷./
飛 機，就 去 迌 迌 京 都、奈 良、神 戶。

飛機，就去觀光京都、奈良、神戶，

Liau²-au⁷/Che⁷ Sin¹-khan²-sian²/khi¹ Tang¹-kiaɴ¹./
了 後 坐 新 幹 線 去 東 京。

然後坐新幹線去東京。

Tang¹-kiaɴ¹/khoaɴ³ to²-ui⁷?/
東 京 看 何 位？

東京看了哪些地方？

Che⁷ iu⁵-lam²-chhia¹/ku³-chai⁷ i¹ thoa¹ teh⁴ seh⁸./Tau³-ti² khoaɴ³
坐 遊 覽 車 據 在 伊 拖 著 旋。到 底 看

坐遊覽車，就讓它帶着繞，到底看過

to²-ui⁷/long² boe⁷-ki³-tit⁴ liau²-liau²./
何 位 攏 獪 記 得 了 了。

哪些地方，全記不得了。

Hong⁵-kiong¹、/Chhian²-chhau²、/Gin⁵-cho⁷/tek⁴-khak⁴ u⁷ khi³/
皇 宮、淺 草、銀 座 的 確 有 去

皇宮、淺草、銀座，一定有去

chiah⁴ tioh⁸./
即 着。

才對吧！

U⁷,/goa² siuɴ⁷ tioh⁰./Tiam³ Hong⁵-kiong¹/Ji⁷-teng⁵-kio⁵/thau⁵-
有，我 尚 着。站 皇 宮 二 重 橋 頭

有。我想到了。還在皇宮的二重橋

cheng⁵/hip⁴–hiong³./
前　翕　相。

　　　　　　前照相。

Chong²–si⁰,/tai⁷–ke¹/ai³ koan²–kin² khi³ boe² mih⁸./
總　是，大家愛　趕　緊　去　買　物。

　　　　　　大家總想早一點去購物。

Sim²–mih⁸ so·²–chai⁷/boe² sim²–mih⁸,/li² kong² ho·⁷ goa² thian¹./
甚　麼　所　在　買　甚　麼，汝　講　與　我　聽。

　　　　　　在什麼地方買什麼？你説給我聽。

Sin¹–siok⁴/boe² siong³–ki¹,/Ti⁵–toe⁷/boe² ioh⁸–a²,/ A¹–khi²–ha¹–
新　宿　買　相　機，池袋　買　藥仔，秋葉

　　　　　　在新宿買相機，在池袋買藥，

ba¹–la³/boe² tian⁷–khi³–che³–phin².
原　買　電　氣　製　品。

　　　　　　在秋葉原買電氣製品。

Si⁷ khi³ koan¹–kong¹,/ah⁴ si⁷ khi³ pan⁷–he³,/siun⁷ tioh⁸/kam² boe⁷
是去　觀　光，抑是去　弁　貨，尙　着　敢　膾

　　　　　　是去觀光還是去批貨？想想，不覺

ka¹–ti⁷ ho²–chhio³?/
家己好　笑？

　　　　　　自己好笑嗎？

Si⁷ la⁰./Eng¹–kai¹ ai³ khoan³ koa² Jit⁸–pun²/e⁵ cheng³–ti⁷,/keng¹–
是啦。應　該　愛　看　可日本兮政　治、經

　　　　　　是啊，應該要看些日本的政治、

che³、/sia⁷–hoe⁷,/tng² lai⁵ choe³ chham¹–kho²./
濟、社會，轉來 做　參　考。

經濟、社會，回來做參考。

教會羅馬字的缺點

　　在本書和《台語入門》中，我運用了教會羅馬字，但聰明的讀者當中，一定有人注意到教會羅馬字的種種缺點。

　　第一，音節一一分開，複音節詞也只好用橫線(hyphen)連接，結果書寫麻煩，也不好看。

　　這是由於教會羅馬字的基本宗旨在於標注漢字的發音，要成為獨立的正式書寫法，首先要有單字必須連在一起寫的認識。

　　第二，聲調記號沒有考慮到輕聲。

1聲	2聲	3聲	4聲	5聲	（6聲）	7聲	8聲	0聲
□	□́	□̀	□h	□̂		□̄	□̆h	·□h

　　輕聲是語氣詞或助動詞等具有的重要聲調種類，雖然不像北京話那樣，但出現的頻率也很高。

　　第三，O〔ə〕和O·〔o〕只靠右上方有無「·」記號來分辨，不僅麻煩，也有忘記標上去或漏讀之虞，不能稱得上是好方法。

　　我個人的看法是，在潮州方言中，對應前者的字唸成〔o〕，對應後者的字唸成〔ou〕，由此處可以得到啟示，何不乾脆改標成o和ou呢？

　　其他還可舉出幾項缺失。其實我已設計出被研究者稱為「王第1式」「王第2式」的羅馬字體系。我捨棄了自己的體系而沿用教會羅馬字的原因，是因為不想損及已經確立的權威，並且也考慮到教會羅馬字已有數量很多的書寫記錄的關係。

12 Khi³-hau⁷
氣 候　　　　　　　　　〈氣候〉

Kin¹-ni⁵/na² oe⁷ chiah⁴ koaᴺ⁵ aᵒ?/
今 年 那 會 即　寒 啊？

> 今年怎麼這麼冷？

U⁷-iaᴺ²/to¹ tioh⁸./Joah⁸-lang⁰/si⁷ hiah⁴ joah⁸,/koaᴺ⁵-lang⁰/si⁷
有 影 都 着。熱　人 是 彼　熱， 寒　人 是

> 說得也是。夏天是那麼熱，冬天是這麼冷，

chiah⁴ koaᴺ⁵,/hong¹-thai¹/iu⁷-koh⁴ lai⁵ sau³ nng⁷ saᴺ¹ pai²,/oe⁷-
即　寒， 風 篩 又 閣 來 掃 兩 三 擺，會

> 颱風又來掃過二三次，

sai²-tit⁴ kong² phaiᴺ² ni⁵-tang¹./
使 得 講 歹 年 冬。

> 可以說是壞年頭。

Ngo·²-kok⁴、/chui²-ko²/e⁵ siu¹-seng⁵/tek⁴-khak⁴ bai²./Hai⁷-si²
五 穀、水 菓兮收 成 的 確 僫。害 死

> 五穀、水果的收成一定壞，害死

choe³-sit⁴-lang⁵./
做 穡 人。

> 莊稼人。

Li² oe⁷ ui³ koaᴺ⁵/boe⁷?/

汝會畏寒 獪？

你會怕冷嗎？

Goa² chiok⁴ ui³ koaᴺ⁵./Joah⁸–lang⁰/ho·⁷ li² khah⁴ joah⁸,/lang⁵ teh⁴

我 足 畏寒。熱 人 與 汝 較 熱，人 著

我非常怕冷。夏天再熱，別人

hoah⁴–hiu¹,/goa² to¹ bu⁵–so·²–ui³./ki⁵–koai³,/lian⁵ koaᴺ⁷/ah⁸ boe⁵–

喝 咻，我 都 無所畏。奇怪，連 汗 亦 獪

哇哇叫，我都無所謂。奇怪，連汗也不

siaᴺ² lau⁵./M̄⁷–ku² koaᴺ⁵–lang⁰/goa² tioh⁸ pi² lang⁵ ke¹ chheng⁷

啥 流。唔拘 寒 人 我 着比人 加 穿

怎麼流。不過，冬天我就得比別人多穿

kui²–a² nia² saᴺ¹./

幾仔領衫。

好幾件衣服。

Goa² kap⁴ li² tian¹–to³–peng²./Goa² m̄⁷ kiaᴺ¹ koaᴺ⁵,/Joah⁸–lang⁰/

我 佮 汝 顛倒反。我 唔 驚 寒，熱 人

我跟你相反。我不怕冷。夏天

goa² tong³ boe⁷ tiau⁵,/Chin⁷–liong⁷/kiu¹ tiam³ chhu³–lin⁰,/thng³–pak⁴–

我 擋 獪條，儘 量 究 站 厝 裡，褪 腹

我受不了。儘量窩在家裡，光著

theh⁴,/chhiang⁵ kui¹ jit⁸ tian⁷–hong¹./

裼，颺 歸日 電 風。

上身，整天吹電扇。

Ui³ koaᴺ⁵/iau² kong² oe⁷ thong¹,/chhut⁴-si³ choe³ Tai⁵-oan⁵-
畏　寒　猶　講　會　通，　出　世　做　台　灣

怕冷還說得過去，生做台灣人，

lang⁵/kong² kiaᴺ¹ joah⁸,/oe⁷ ho·⁷ lang⁵ chhio³ si⁰./
人　講　驚　熱，會　與　人　笑　死。

說怕熱，會被人笑死。

Mai³ an²-ni¹/chhit⁴-a²❷/chhio³ poeh⁴-a²./Chong²-si⁰,/lan² Tai⁵-
勿　按　呢　七　仔　笑　八　仔。總　是　咱　台

別這樣五十步笑百步。總之，咱們

oan⁵/joah⁸-lang⁰/kap⁴ koaᴺ⁵-lang⁰/e⁵ tiong¹-kan¹/na⁷ u⁷ chit⁸ cham⁷
灣　熱　人　佮　寒　人　兮　中　間　那　有　一　站

台灣的夏天冬天之間，若有一段

khak⁴ tng⁵/e⁵ chhun¹-thiᴺ¹/kap⁴ chhiu¹-thiᴺ¹/m̄⁷ ke¹ chiok⁴ ho²./
較　長　兮　春　天　佮　秋　天　唔加　足　好。

較長的春天和秋天，不就更好！

Hoah⁴ koaᴺ⁵,/hoah⁴ joah⁸,/to¹ ah⁸ an²-ni¹/ke³./Lan² e⁵ he³-siu⁷/
喝　寒　喝　熱，都亦按呢過。咱兮歲壽

說冷喊熱也是這麼過。我們的壽命也不比

ah⁸ bo⁵ pi² lang⁵ khah⁴ te²./Lan² tioh⁸ lian⁷ lan² e⁵ sin¹-thoe²/lai⁵
亦無比人較底。咱　着　練咱兮身　體　來

別人短。我們得要鍛錬身體來

hah⁸ lan² e⁵ ko·³-hiong¹./
合　咱兮故　鄉。

適應我們的故鄉。

〔註釋〕

❶ boe⁷–siaN² 〈不太……〉，後面接動詞或形容詞。

boe⁷–siaN² toa⁷／（𣍐啥大）〈不太會長大〉

boe⁷–siaN² chau²／（𣍐啥走）〈不太會跑〉

❷ chhit⁴–a² 〈好詼諧者、愛開玩笑的人〉。〝七〞具有雜亂不正的語感。和〝八〞對應使用。

chhit⁴–chhian⁵ poeh⁴ chhian⁵／（七遷八遷）〈做來做去很費工夫〉

chhit⁴ chhong³ /poeh⁴ m⁷–tioh⁸／（七創八唔着）〈怎麼做都不對〉

與漢音・吳音間的關係

日本漢字音的二個主要系統是漢音和吳音，各位一定注意到台語的文言音和白話音，也有類似之處。

	漢音	吳音		漢音	吳音

馬 $\begin{cases} マ \\ ma^2 \end{cases}$ $\begin{cases} メ \\ be^2 \end{cases}$ 家 $\begin{cases} カ & ケ \\ ka^1 & ke^1 \end{cases}$ 〔前者是文言音〕
〔假攝開口2等麻韻〕

瓜 $\begin{cases} クワ \\ koa^1 \end{cases}$ $\begin{cases} ケェ \\ koe^1 \end{cases}$ 化 $\begin{cases} クワ & クェ \\ hoa^3 & hoe^3 \end{cases}$
〔假攝合口2等麻韻〕

西 $\begin{cases} セイ \\ se^1 \end{cases}$ $\begin{cases} サイ \\ sai^1 \end{cases}$ 第 $\begin{cases} テイ & ダイ \\ toe^7 & tai^7 \end{cases}$
〔蟹攝開口4等齊韻〕

牛 $\begin{cases} ギウ \\ giu^5 \end{cases}$ $\begin{cases} グ \\ gu^5 \end{cases}$ 有 $\begin{cases} イウ & ウ \\ iu^2 & u^7 \end{cases}$
〔流攝開口3等尤韻〕

月 $\begin{cases} グワツ & グェツ \\ goat^8 & geh^8 \end{cases}$
〔山攝合口3等月韻〕

命 $\begin{cases} メイ \\ beng^7 \end{cases}$ $\begin{cases} ミャウ \\ mia^7 \end{cases}$ 京 $\begin{cases} ケイ & キャウ \\ keng^1 & kiaN^1 \end{cases}$
〔梗攝開口3等庚韻〕

省$\begin{cases}$セイ シャウ$\\$seng² sin²$\end{cases}$ 益$\begin{cases}$エキ ヤク$\\$ek⁴ iah⁴$\end{cases}$

〔梗攝開口3等清韻〕

漢音是8～9世紀唐朝長安音傳下來的。福建話的文言音被推測是傳承自唐末五代河南省南部的發音，雖然相隔約有1世紀，大致上仍可以認為是屬於同一系統的發音。

吳音是從隋唐以前的南朝傳下來的。上述例子中的白話音（一部分而已），其實和吳音很相似。白話音之中有南朝時期的發音，不是也可以反過來從吳音中得到證明？

II.
歌
謠

歌謠（歌仔，Koa¹-a²）是台灣話的寶庫、台灣人珍貴的文化遺產，一定要介紹給讀者。

koa¹-a²大致上是一句七言，由五言構成的較罕見，將300到400句的歌謠連接起來，就形成一個故事。其特徵是最後一個音節要押韻，因此聽起來有節奏感，很好聽，自然而然地就能記住。最初恐怕是以口耳相傳，再漸漸地致力於留下記錄，終於有koa¹-a²-chheh⁴（歌仔冊）〈歌本〉的出版販售。

在 koa¹-a²之上加入視覺方面的要素，就發展出了koa¹-a²-hi³（歌仔戲）〈台灣歌劇〉。

koa¹-a²-chheh⁴的起源可以追溯至福建，台灣更加興盛，在昭和初期已流傳甚廣。但因發生蘆溝橋事變，強制實行「皇民化運動」，一下子消聲匿跡了。戰後也沒有復興。

koa¹-a²-chheh⁴的出版，無非是企圖發掘廣大的讀者層，但實際上卻僅止於提供給說書先生的腳本而已。因為知識階層認為它是卑俗之物加以輕蔑，而對一般大眾來說，漢字依然是他們的負擔。說書先生在熱鬧場所的一隅或寺廟前面的廣場，和茶館共同合作，以各種腔調並加上手勢動作的說話技巧來招攬客人。唱出 koa¹-a² 裡的豐富的台語語彙、表現手法的巧妙、奇特的比喻，真是值得讚嘆。

在 koa¹-a²的內容方面，我將手邊一百數十冊的歌本加以分類，發現以歷史通俗劇居多，如：

Sam¹-pek⁴　Eng¹-tai⁵／（山伯英台）

Tan⁵　San¹　Goˑ⁷-niu⁵／（陳三五娘）

　　Beng⁷ khiun¹–lu²／（孟姜女）

　　Lu⁷ Bong⁵–cheng³／（呂蒙正）

　　其次爲勸世歌及 Sio¹–po¹–koa¹（相褒歌）〈男女對唱的歌謠〉、流行歌詞集，以及其他。關於 koa¹–a²–chheh⁴的考察，在《台灣話講座》一書中另有論述。

① Khng³ kai² a¹-phian³/sin¹-koa¹/
勸 改 阿 片 新 歌 ❶

〈勸戒鴉片新歌〉

即 歌 卜❷勸 衆 兄 弟❸
Chit⁴ koa¹/beh⁴ khng³ chiong³-hiaᴎ¹-ti⁷./

這歌要勸衆兄弟

有 榮 來 聽 念 歌 詩
U⁷ eng⁵/lai⁵ thiaᴎ¹/liam⁷ koa¹-si¹./

有空來聽唸歌詩

驚 了 碍 着 恁 兮 耳
Kiaᴎ¹-liau² ngai⁷ tioh⁸ lin² e⁵ hiᴎ⁷./

惟恐有礙您耳朵

聽 呆 列 位 莫 受 氣
thiaᴎ¹ bai²/liat⁸-ui⁷/bong³ siu⁷-khi³./

但請諸位莫生氣

內 中 不 是 廣 別 項❹
Loe⁷-tiong¹/m⁷ si⁷ kong² pat⁸-hang⁷,/

歌中不提其他事

就 是 頭 先 講 喜 空
chiu⁷ si⁷ thau⁵-seng¹/kong² hit⁴ khang¹./

就是先說那一椿

講 起 阿 片 大 毒 蟲
Kong² khi² a¹–phian³/toa⁷ tok⁸–thang⁵./

說起鴉片大毒蟲

不 通 來 學 喜 號 人
M⁷–thang¹ lai⁵ oh⁸ hit⁴ ho⁷ lang⁵./

不可來學那種人

有 個 少 年 不 知 影❺
U⁷ e⁵ siau³–lian⁵/m⁷ chai¹–iaɴ²,/

有的年少不知道

聽 我 念 了 恁 就 驚
thiaɴ¹ goa² liam⁷ liau²/lin² chiu⁷ kiaɴ¹./

聽我唸完便驚慌

阿 片 是 會 害 身 命
A¹–phian³/si⁷ oe⁷ hai⁷ sin¹–mia⁷./

鴉片是會害性命

這 條 死 路 不 通 行
Chit⁴ tiau⁵ si²–lo·⁷/m⁷–thang¹ kiaɴ⁵./

這條死路不可行

做 人 那 卜 行 死 路❻
Choe³–lang⁵/na⁷ beh⁴ kiaɴ⁵ si²–lo·⁷,/

人生若要尋死路

枉 費 乎 咱 做 查 埔
ong²–hui³ ho·⁷ lan² choe³ cha¹–po·¹./

枉費天賜做男兒

食　朝阿片 飼　查某
Chiah⁸ tiau⁵ a¹-phian³,/chhi⁷ cha¹-bo·²,/

迷上鴉片養女人

食　老無　通　好孝孤
chiah⁸ lau⁷/bo⁵ thang¹ ho² hau³-ko·¹./

到老孤獨無人養

開　拔　食　迌來皆論 ❼
Khai¹/poah⁸/chiah⁸/chhit⁴/lai⁵ ka⁷ lun⁷,/

嫖賭飲玩拿來論

第一害人阿 片　煙
Toe⁷-it⁴ hai⁷ lang⁵/a¹-phian³-hun¹./

第一害人鴉片煙

無　錢開拔　會宿　困
Bo⁵ chiɴ⁵/khai¹/poah⁸/oe⁷ hioh⁴-khun³./

沒錢嫖賭會停歇

烏煙無　食　袂　春　輪
O·¹-hun¹/bo⁵ chiah⁸,/boe⁷ chhun¹-lun⁵./

沒吸鴉片懶動身

一　枝煙 吹　尺　外　長 ❽
Chit⁸ ki¹ hun¹-chhe¹/chhioh⁴ goa⁷ tng⁵,/

一支煙槍尺餘長

一　塊煙　盤 排 中 央
chit⁸ te³ hun¹-poaɴ⁵/pai⁵ tiong¹-ng¹,/

一個煙盤擺中央

汝兄 我 弟 相招 玩 ❾
li² hiaN¹/goa² ti⁷/sio¹-chio¹ ng²/

> 你兄我弟嬉鬧玩

無 食 兮人 恰 愛 裝
bo⁵ chiah⁸/e⁵ lang⁵/khah⁴ ai³ chng¹,/

> 不吸的人愛裝填

烏煙來 食 話來 講 ❿
oˑ¹-hun¹/lai⁵ chiah⁸/oe⁷/lai⁵ kang²,/

> 邊吸鴉片邊聊天

無 食 來鼻 也 眞 香
bo⁵ chiah⁸/lai⁵ phiN⁷, ah⁸ chin¹ phang¹,/

> 不吸只聞撲鼻香

有時頭 殼 若 重 々
u⁷ si⁵/thau⁵-khak⁴/na⁷ tang⁷-tang⁷,/

> 有時頭重昏沉沉

烏煙 準 藥 能 救 人
Oˑ¹-hun¹/chun² ioh⁸/oe⁷ kiu³ lang⁵./

> 鴉片當藥能救人

烏煙 食 朝 無 打 算 ⓫
Oˑ¹-hun¹/chiah⁸ tiau⁵/bo⁵ phah⁴-sng³,/

> 鴉片上癮無盤算

歸 日 食 飽 顧 眠 床
kui¹ jit⁸/chiah⁸ pa²,/koˑ³ bin⁵-chhng⁵./

> 整天吃飽癱臥床

一 時 無 食 腳 手 軟

Chit^8–si^5/bo^5 chiah^8/kha^1–chhiu^2/nng^2./

一時不吸手腳軟

倒落 一 冥 哀 甲 光

to^2 loh^0/chit^8 mi^5/ai^1 kah^4 kng^1./

床上哀號到天亮

〔以下略〕

〔註釋〕

❶台中市綠川町4～1，瑞成書局（發行人：許金波），昭和8年
（1933）1月發行。全篇252句節錄其中一部分。

　台灣在清朝時蔓延的吸食鴉片惡習，到了日據時代幾乎已經根
除。如果將鴉片改爲「毒品」的話，這首 koa^1–a^2 在今天也頗
具意義！

❷此漢字是根據原文。衆所皆知，文中假借字的情況很多，也就
是嘗試用漢字來表音。

❸以 i 押韻。押韻時，無論鼻音韻母（例如 iɴ）或入聲韻母（例
如 ih）都沒關係。當然，也不管其聲調爲何。

❹以 ang 押韻。

❺以 iaɴ 押韻。

❻以 o· 押韻。

❼以 un 押韻。

❽以 ng 押韻。

❾將〝玩〞唸成 ng²，有點不合道理，但爲了要押韻，也沒辦
　法。

❿以 ang 押韻。

⓫以 ng 押韻。

② U²-ia⁷-hoe¹❶ 雨夜花

Chiu¹ Thiam¹-ong⁷/choe³-su⁵/
周　添　旺　做　詞
Teng⁷ U²-hian⁵/choe³-khek⁴/
鄧　雨　賢　做　曲

I　U²❷-ia⁷-hoe¹❸/u²-ia⁷-hoe¹/
　　雨 夜 花 雨 夜 花

　　Siu⁷ hong¹-u²/chhe¹ loh⁸ toe⁷./
　　受 風 雨 吹 落 地

　　Bo⁵ lang⁵ khoaᴺ³-kiᴺ³❹,/mi⁵-jit⁸/oan³-chhoeh⁴./
　　無 人 看 見 冥 日 怨 感

　　Hoe¹/sia⁷/loh⁸ tho·⁵/put⁴ chai³ hoe⁵./
　　花 謝 落 塗 不 再 回

II　Hoe¹/loh⁸ tho·⁵/hoe¹/loh⁸ tho·⁵/
　　花 落 塗 花 落 塗

　　U⁷ siaᴺ²-lang⁵/thang¹ khoaᴺ³-ko·³./
　　有 啥 人 通 看 顧

　　Bo⁵-cheng⁵/hong¹-ho·⁷/go·⁷ gun²❺ cheng⁵-to·⁵./
　　無 情 風 雨 誤 阮 前 途

Hoe¹–liu²/na⁷ loh⁸,/beh⁴ ju⁵–hoˑ⁵❶./
花　蕊　那落　要如何

III　U²/boˑ⁵–cheng⁵/U²/boˑ⁵–cheng⁵/
雨無　情 雨無　情

boˑ⁵ siuᴎ⁷ gun² eˑ⁵ cheng⁵–teng⁵,/
無　尙　阮　兮 前　程

peng⁷–boˑ⁵ khoaᴎ³–koˑ³ loan²–jiok⁸ sim¹–seng³,/
並　無　看　顧 軟　弱 心　性

hoˑ⁷ gun² cheng⁵–toˑ⁵/sit⁴ kong¹–beng⁵./
與　阮　前　途 失 光　明

IV　Hoˑ⁷–chui²/tih⁴/hoˑ⁷–chui²/tih⁴/
雨　水　滴 雨　水　滴

in² gun² jip⁸ siu⁷–lan⁷–ti⁵./
引 阮 入 受 難 池

Choaᴎ²–iuᴎ⁷/hoˑ⁷ gun² li⁷ hioh⁸/li⁷ ki¹,/
怎　樣 與 阮 離 葉 離 枝

eng²–oan²/boˑ⁵ lang⁵ thang¹ khoaᴎ³–kiᴎ³./
永　遠　無　人　通　看　見

〔註釋〕

❶這是台灣最具代表性的歌謠，唱出被男人拋棄的女人的悲哀，
似乎也象徵著台灣人的不幸。一般的台灣歌謠都太過晦暗，是
其缺點。

許多優秀的歌謠幾乎都是在昭和初期被創作出來的。這和 koa
1-a²-chheh⁴（歌仔冊）的盛行並非沒有關係。這些唱片幾乎
都由哥倫比亞公司發售。

❷〝雨〞唸成 u²是文言音。因為節奏的關係，也唸 ho·⁷（白話
音）。只要是用漢字書寫，就無法改變這類缺點。歌詞尤其需
要發音的表記，否則連合唱也不可能了。

❸第一段押 oe 韻、第二段押 o· 韻、第三段押 eng 韻、第四段押
i 韻。

❹跟旋律無關，〝看見〞因唸法不同，意思也不同。

khoaN³-kiN³〈照顧、照料〉

khoaN³-kiN⁰〈看見〉

❺〝阮〞出現在歌曲中時，以單純形態的韻母 gun² 發音的例子
很多。

❻雖然偏離所押之韻，但音很相近，可以接受。

③ Bong⁷❶ chhun¹–hong¹
望　春　風

Li² Lim⁵–chhiu¹/choe³–su⁵/
李　臨　秋　做　詞
Teng⁷ U²–hian⁵/choe³–khek⁴/
鄧　雨　賢　做　曲

I　　Tok⁸–ia⁷❷/bo⁵–phoaᴺ⁷,/siu² teng¹–e⁷❸ ./
　　　獨　夜　無　伴　守　燈　下

　　　Leng²–hong¹❹/tui³ bin⁷/chhe¹./
　　　冷　風　　對　面　吹

　　　Chap⁸ chhit⁴ poeh⁴ he³/be⁷ chhut⁴–ke³,/
　　　十　七　八　歲　未　出　嫁

　　　khoaᴺ³ tioh⁸ siau³–lian⁵–ke¹./
　　　看　着　少　年　家

　　　Ko²–jian⁵/phiau¹–ti³/bin⁷–bah⁴/peh⁸,/
　　　果　然　漂　緻　面　肉　白

　　　siaᴺ²–ke¹❺ lang⁵/chu²–te⁷./
　　　啥　家　人　子　弟

　　　Siuᴺ⁷ beh⁴ mng⁷ i⁰/kiaᴺ¹ phaiᴺ²–se³./
　　　尚　要　問　伊　驚　歹　勢

Sim¹–lai⁷/toaN⁵ pi⁵–pe⁵./
心 內 彈 琵 琶

II   SiuN⁷ beh⁴ long⁵–kun¹/choe³ ang¹–sai³,/
尙 要 郎 君 做 翁 婿

i³–ai³/chai⁷ sim¹–lai⁷./
意愛在 心 內

Tan²–thai⁷ ho⁵–si⁵/kun¹/lai⁵ chhai¹,/
等 待 何 時 君 來 採

Chheng¹–chhun¹/hoa¹❻/tong¹ khai¹./
靑 春 花 當 開

ThiaN¹–kiN³ goa²–bin⁷❼/u⁷ lang⁵ lai⁵,/
聽 見 外 面 有 人 來

khui¹ mng⁵/ka⁷ khoaN³ bai⁷./
開 門 給 看 覓

Geh⁸–niu⁵/chhio³ gun²/gong⁷–toa⁷–tai¹,/
月 娘 笑 阮 戇 大 獃

ho˙⁷ hong¹/phian³ m⁷ chai¹./
與 風 騙 唔 知

〔註釋〕

❶這是依循我少年時代聽到的唱片的記憶。〝望〞有 bong⁷（文言音）和 bang⁷（白話音）兩種發音。

❷這完全是個文言。

❸第一段押 e 韻、第二段押 ai 韻。

❹在最近出版的林二編《台灣民俗歌謠》裡，寫成〝清風〞chheng¹–hong¹是錯誤的。〝清風〞只出現在「清風明月」這類文言裡，如果不是由推開的窗戶吹進涼風的話，就無法出現歌詞的情境。

❺歌詞自早就寫成〝誰家〞，但不管是唸 sui⁵–ka¹ 或 sui⁵–ke¹都有生硬之感。

❻如果只有〝花當開〞3個字的話，應該讀 hoe¹ tng¹ khui¹，但因爲押韻的關係，將〝開〞唸成 khai¹（文言音）之後，依序影響到前面的字，〝花〞和〝當〞也讀成文言音。

❼記得以前也唱〝外口〞(goa⁷–khau²)。不論何者，意思都通。

恩師服部四郎博士

　　恩師服部四郎博士（東大名譽教授‧文化貢獻者）對我恩重如山。我就讀東大研究所時，老師是語言學系的系主任，名聲遍天下，因此我要求老師勉爲其難讓我旁聽語言學討論和語音學的課程。

　　老師對說起來不過是一個旁系學生的我格外疼惜，聽說讓語言學系的學生們相當地羨慕。

　　1957年秋，我賣掉房子，自費出版了《台灣語常用語彙》，誠惶誠恐地央求老師爲我寫序，老師一口答應。但對我說：「既然要寫，我還要再研讀一番才行。」於是每週週四，老師下課後就留在研究室內，將他所寫的原稿讓我逐一確認，並作修正。

　　一到七點，研究室工友就搖鈴，四處通知關門時間到了。「哎呀！已經這麼晚了。」老師笑著說，這才準備動身回家。我們一起走到御茶水車站。

　　老師寫的序文是一篇長篇大論，主要是關於台灣話的 e^5（ㄝ）也就是我暫稱之爲「確認的語氣詞」這一類詞語的探討。探討相當嚴謹深入，從北京話到日語及英語、俄語都引爲參考。因爲有老師這篇序文綴飾在書的前頭，才讓我這本《台灣語常用語彙》具有價值。（此篇序文也收錄在老師的《語言學的方法》裡。）

　　在序文的開頭，老師這麼寫著：「王育德君這部精心之作，是他對台灣和台語純摯熱愛的結晶。……集對母語的熱愛和科學精神於一身，實在值得驚嘆。」老師

對我的過度誇獎使我感動無比，但即使我可以發誓，我
對台灣和台語的熱愛不會辜負老師所言，但要成為一門
學問，卻還未臻成熟，令我暗自慚愧。

III.
散文

① Tai⁷–hak⁸/Cheng¹–siong⁵❶ /
大 學 精 詳

Lau¹ Chheng¹–hun⁵❷ ／（劉青雲）

子 程 子 曰
Chu² Theng⁵–chu³/oat⁸,/

大 學 孔 氏 之 遺 書
Tai⁷–hak⁸/Khong²–si⁷/chi¹ ui⁵–su¹,/

而 初 學 入 德 之 門 也❸
ji⁵ chho˙¹–hak⁸/jip⁸–tek⁴/chi¹ bun⁵ ia⁰./

Toa⁷ ju⁵–chia²/ThiaN⁵ Beng⁵–to⁷/kap⁴ ThiaN⁵ I¹–chhoan¹ sian¹–
大 儒 者 程 明 道 佮 程 伊 川 先
siN¹/kong²,/
生 講，

"Chit⁴ pun² Tai⁷–hak⁴/e⁵ chheh⁴/si⁷
即 本 大 學 兮 冊 是

Khong²–hu¹–chu²/kap⁴ i¹ e⁵ bun⁵–jin⁵/so˙²–lau⁵/e⁵ chheh⁴,/
孔 夫 子 佮 伊 兮 門 人 所 留 兮 冊，

si⁷ chho˙¹–hak⁸/e⁵ lang⁵/beh⁴ jip⁸ to⁷–tek⁴/e⁵ mng⁵–ho˙⁷./
是 初 學 兮 人 要 入 道 德 兮 門 戶。

於 今 可 見 古 人 爲 學 次 第 者
U⁵ kim¹/kho² kian³ ko·²–jin⁵/ui⁵ hak⁸/chhu³–te⁷ chia⁰,/

獨 賴 此 篇 之 存
tok⁸ nai⁷ chhu² phian¹/chi¹ chun⁵,/

而 論 孟 次 之
ji⁵ Lun⁷/Beng⁷/chhu³ chi⁰./

Hian⁷–si⁵/e⁵ lang⁵/tok⁸–tok⁸ oa²–kho³ chit⁴ pun²/e⁵ chun⁵–chai⁷,/
現 時 兮 人 獨 獨 倚 靠 即 本 兮 存 在，
chiah⁴ oe⁷ chai¹ ko·²–cha²–lang⁵/oh⁸ hak⁸–bun⁷/e⁵ sun⁷–su⁷./
即 會 知 古 早 人 學 學 問 兮 順 序。
Chiap⁴–soa³/tioh⁸ thak⁸/e⁵ chheh⁴/si⁷ Lun⁷–gu²/kap⁴ Beng⁷–chu²./
接 續 着 讀 兮 册 是 論 語 佮 孟 子。

學 者 必 由 是 而 學 焉
Hak⁸ chia⁰/pit⁴ iu⁵ si⁷/ji⁵ hak⁸ ian⁰,

則 庶 乎 其 不 差 矣
chek⁴ su³ ho·⁵/ki⁵/put⁴ chha¹ i⁰./

So·²–i²/thak⁸/e⁵ lang⁵,/
所 以 讀 兮 人，
na⁷ tai⁷–seng¹ tui³ chit⁴ pun²/thak⁸,/
那 第 先 對 即 本 讀，

chiu⁷ bo⁵ chho³-go⋅⁷ la⁰./
就 無 錯 誤 啦。

大 學 之 道 在 明　明　德
Tai⁷-hak⁸/chi¹ to⁷/chai⁷ beng⁵ beng⁵-tek⁴,/

在　親 民
chai⁷ chhin¹ bin⁵,/

在 止 於 至 善
chai⁷ chi² u⁵ chi³-sian⁷./

Cha²-si⁵ lang⁵/ti⁷ Toa⁷-oh⁸/teh⁴ oh⁸ hak⁸-bun⁷/su⁷ saᴎ¹ cham⁷./
早 時 人 著 大 學 著 學 學 問 有 三　站。
Toe⁷-it⁴/si⁷ beng⁵-hiau² kng¹-beng⁵/e⁵ tek⁴-heng⁷./
第 一 是 明　曉 光　明 兮 德　行。
Toe⁷-ji⁷/si⁷ kap⁴ peh⁴-siᴎ³/chhin¹-ai³./
第 二 是 佮 百 姓 親 愛。
Toe⁷-saᴎ¹/si⁷ kiaᴎ⁵ ho⁵/e⁵ heng⁵-ui⁵./
第 三 是 行 好 兮 行 爲。

知 止 而 后 有 定
Ti¹ chi²/ji⁵-ho⋅⁷ iu² teng⁷,/

定 而 后 能　靜
teng⁷/ji⁵-ho⋅⁷ leng⁵ cheng⁷,/

靜　而　后　能　安
cheng⁷/ji⁵–ho·⁷ leng⁵ an¹,

安而后　能　慮
an¹/ji⁵–ho·⁷ leng⁵ lu⁷,/

慮而后　能　得
iu⁷/ji⁵–ho·⁷ leng⁵ tek⁴./

Chai¹–bat⁴ kiaɴ⁵ kau³ ti⁷ ho²,/
知　捌　行　夠　著　好，
jian⁵–au⁷/chiu⁷ bo⁵ io⁵–tang⁷,/
然　後　就　無　搖　動，
bo⁵ io⁵–tang⁷,/
無搖　動，
jian⁵–au⁷/chiu⁷ oe⁷ siok⁴–cheng⁷,/
然　後　就　會　肅　靜，
siok⁴–cheng⁷/jian⁵–au⁷/chiu⁷ oe⁷ peng⁵–an¹,/
肅　靜，然　後　就　會　平　安，
peng⁵–an¹/jian⁵–au⁷/chiu⁷ oe⁷–hiau² hun¹–piat⁴,/
平　安　然　後　就　會　曉　分　別，
oe⁷–hiau² hun¹–piat⁴/jian⁵–au⁷/chiu⁷ tit⁴–tioh⁸ kek⁸ ho²./
會　曉　分　別　然　後　就　得　着　極　好。

物 有 本 末
But⁴/iu² pun²–boat⁸,/

事 有 終 始
su⁷/iu² chiong¹–si²,/

知 所 先 後
ti¹ so·²–sian¹–ho·⁷,/

則 近 道 矣
chek⁴ kun⁷ to⁷ i⁰./

Mih⁸/u⁷ thau⁵–be²,/
物 有 頭 尾,

tai⁷–chi³/u⁷ soah⁴–be²/kap⁴ khi²–thau⁵,/
事 志 有 煞 尾 佮 起 頭,

chai¹ so·² tioh⁸ tai⁷–seng¹/kap⁴ soah⁴–be²/si⁷ kun⁷ to⁷–li²./
知 所 着 第 先 佮 煞 尾 是 近 道 理。

古 之 欲 明 明 德 於 天 下 者
Ko·²/chi¹ iok⁸ beng⁵ beng⁵–tek⁴/u⁵ thian¹–ha⁷ chia⁰,/

先 治 其 國
sian¹ ti⁷ ki⁵ kok⁴,/

欲 治 其 國 者
iok⁸ ti⁷ ki⁵ kok⁴ chia⁰,/

先 齊其家
sian¹ che⁵ ki⁵ ka¹,/

欲齊其家者
iok⁸ che⁵ ki⁵ ka¹ chia⁰,/

先 修其身
sian¹ siu¹ ki⁵ sin¹,/

欲修其身者
iok⁸ siu¹ ki⁵ sin¹ chia⁰,/

先 正 其 心
sian¹ cheng³ ki⁵ sim¹,/

欲 正 其心者
iok⁸ cheng³ ki⁵ sim¹ chia⁰,/

先 誠 其意
sian¹ seng⁵ ki⁵ i³,/

欲 誠 其意者
iok⁸ seng⁵ ki⁵ i³ chia⁰,/

先 致其知
sian¹ ti³ ki⁵ ti¹,/

致知在格 物
ti³ ti¹/chai⁷ kek⁴ but⁸./

Ko·²–cha²/ai³ beh⁴ beng⁵–hiau² to⁷–tek⁴/ti⁷ thiɴ¹–e⁷/e⁵ lang⁵,/
古 早愛要 明 曉 道德著天下兮人，

tai⁷–seng¹ ti⁷–li² kok⁴–ka¹./
第 先 治 理 國 家。

Ai³ ti⁷–li² kok⁴–ka¹/e⁵ lang⁵,/
愛治理國家兮人,

tai⁷–seng¹ cheng²–choe⁵ i¹ e⁵ ka¹–teng⁵./
第 先 整 齊伊兮家 庭。

Ai³ cheng²–choe⁵ i¹ e⁵ ka¹–teng⁵/e⁵ lang⁵,/
愛 整 齊伊兮家庭兮 人,

tai⁷–seng¹ siu¹–iong² i¹ pun²–sin¹./
第 先 修 養 伊本身。

Ai³ siu¹–iong² i¹ pun²–sin¹/e⁵ lang⁵,/
愛修 養 伊本 身兮人,

tai⁷–seng¹ si³–chiaN³ i¹ e⁵ sim¹–koaN¹./
第 先 四 正伊兮心 肝。

Ai³ si³–chiaN³ i¹ e⁵ sim¹–koaN¹/e⁵ lang⁵,/
愛四正伊兮心 肝 兮人,

tai⁷–seng¹ seng⁵–sit⁸ i¹ e⁵ sim¹–i³./
第 先 誠 實伊兮心 意。

Ai³ seng⁵–sit⁸ i¹ e⁵ sim¹–i³/e⁵ lang⁵,/
愛 誠 實伊兮心 意兮人,

tai⁷–seng¹ ti³–i³ i¹ e⁵ chai¹–bat⁴./
第 先 致意伊兮 知 捌。

Ti⁷–li² chai¹–bat⁴/si⁷ chai⁷–ti⁷ thong¹–thiat⁴ kau³ bat⁴ mih⁸ e⁵ li²–khi³./
治理知 捌是在 著 通 徹 夠 捌 物兮理氣。

物 格而后 知 至
But⁴/kek⁴/ji⁵–ho·⁷ ti¹ chi³,/

知 至而后意 誠
ti¹ chi³/ji⁵–ho·⁷ i³/seng⁵,/

意 誠 而 后 心　正
i³/seng⁵/ji⁵–ho·⁷ sim¹/cheng³,/

心　正而后 身 修
sim¹/cheng³/ji⁵–ho·⁷ sin¹/siu¹,/

身 修而后 家 齊
sin¹/siu¹/ji⁵–ho·⁷ ka¹/che⁵,/

家 齊而后 國 治
ka¹/che⁵/ji⁵–ho·⁷ kok⁴/ti⁷,/

國治而后 天 下 平
kok⁴/ti⁷/ji⁵–ho·⁷ thain¹–ha⁷/peng⁵./

Su⁷–but⁸/na⁷ koan³–thong¹,/
事物 那 貫　通，

jian⁵–au⁷/chai¹–bat⁴/chiu⁷ kau⁷,/
然 後 知 捌 就 夠，

chai¹–bat⁴/kau³,/
知 捌 夠，

jian⁵–au⁷/sim¹–i³/chiu⁷ seng⁵–sit⁸,/
然 後 心 意 就 誠 實，

sim¹–i³/seng⁵–sit⁸,/
心意誠實，

jian⁵–au⁷/sim¹–koaɴ¹/chiu⁷ si³–chiaɴ³,/
然後心肝就四正，

sim¹–koaɴ¹/si³–chiaɴ³,/
心肝四正，

jian⁵–au⁷/pun²–sin¹/chiu⁷siu¹–iong²,/
然後本身就修養，

pun²–sin¹/u⁷ siu¹–iong²,/
本身有修養，

jian⁵–au⁷/ka¹–teng⁵/chiu⁷ cheng²–choe⁵,/
然後家庭就整齊，

ka¹–teng⁵/cheng²–choe⁵,/
家庭整齊，

jian⁵–au⁷/kok⁴–ka¹/chiu⁷thong²–ti⁷/
然後國家就統治

kok⁴–ka¹/thong²–ti⁷,/
國家統治，

thiɴ¹–e⁷/chiu⁷ tit⁴–tioh⁸ peng⁵–teng⁷./
天下就得着平定。

自 天 子 以 至 於 庶 民
Chu⁷ thian¹–chu²/i² chi³–u⁵ su³–bin⁵,/

一是皆以修身爲本
it⁴-si⁷/kai¹ i² siu¹-sin¹ ui⁵ pun²,/

其本 亂而末治者否矣
ki⁵ pun²/loan⁷/ji⁵ boat⁸/ti⁷ chia⁰/ho·² i⁰./

其所厚者薄
Ki⁵ so·²-ho·⁷ chia⁰/pok⁸,/

而其所薄者厚
ji⁵ ki⁵ so·²-pok⁸ chia⁰/ho·⁷,/

未之有也
bi⁷ chi¹ iu² ia⁰./

此謂知本
Chu²/ui⁷ ti¹ pun²,/

此謂知之至也
chhu²,/ui⁷ ti¹/chi¹ chi³ ia⁰./

Tui³ thian¹-chu²/i²-kip⁸ cheng³ peh⁴-siN³,/
對 天 子以及 衆 百 姓，

it⁴-chhe³/long² eng⁷ siu¹-iong² pun²-sin¹/choe³ kun¹-pun²./
一 切 攏 用 修 養 本 身 做 根 本。

Siat⁴-su² kun¹-pun²/hun¹-loan⁷,/
設 使 根 本 混 亂，

be²-liu¹/oe⁷ tit⁴-tioh⁸ ti⁷-li² bo⁵ su⁷,/
尾 溜 會 得 着 治 理 無 事，

si⁷ siok⁸ bo⁵/e⁵ su⁷ la⁰./
是屬 無兮事啦。

Eng¹-kai¹ tioh⁸ toa⁷-toa⁷/ka¹ in¹ (ka¹-chok⁸,/chhin¹-chhek⁴/) thiaᴺ³,/
應 該着 大 大給恁(家 族　 親　戚) 痛，

bo⁵ ka⁷ in¹ toa⁷ thiaᴺ³,/
無 給恁大 痛，

m⁷-bian² ka⁷ in¹ toa⁷ thiaᴺ³,/
唔免 給恁大 痛，

hoan²-tng² tui³ in¹ toa⁷ thiaᴺ³,/
反 轉對恁大　痛，

che¹/si⁷ be⁷ bat⁴ u⁷/e⁵ su⁷ la⁰./
者是 未 捌有兮事啦。

Che¹/chiu⁷ si⁷ kong² ho⁷-choe³ chai¹-bat⁴ kun¹-pun²./
者 就 是 講 號 做 知 捌 根 本。

Che¹/chiu⁷ si⁷ chai¹-bat⁴/e⁵ kek⁸-thau⁵ la⁰./
者 就 是 知 捌兮極 頭 啦。

i²-ha⁷/liok⁸（以下略）

<hr>

〔註釋〕

❶由台南市三多商會出版，昭和16年11月初版發行，定價50錢。

❷台南人（1894～1982），大地主。從台南長老教會中學轉校至京都同志社普通部，畢業於慶應義塾大學財經系。他的夫人因

庄司總一的《陳夫人》以她爲藍本頗有名氣。劉家一族是台南市的名門，全家人都是熱心的基督徒。這本書將讀書人應有的漢文素養用羅馬字寫下來，頗具價值。

他還有《羅華改造統一書翰文》《天國奧秘全照射──聖經題典》等著作。

❸古文是以文言音來讀的。據我所學，〝也，矣，焉〞等句尾虛字都唸輕聲。

2 Ma²-thai³/Hok⁴-im¹ Toan⁷ / ❶
馬 太 福 音 傳

La⁵-so͘¹/khoaɴ³-kiɴ³ hiah⁴ e⁵ kui¹ tin⁷/e⁵ lang⁵,/
耶穌 看 見 彼兮歸陣兮人,

chiu⁷ peh⁴ chiuɴ⁷ soaɴ¹,/i²-keng¹ che⁷,/
就 擘 上 山,已經 坐,

I¹ e⁵ hak⁸-seng¹/chiu⁷-kun⁷ I¹./
伊兮學 生 就 近伊。

I¹ khui¹ chhui³/ka³-si⁷ in¹ kong²./
伊 開 喙 教示怹 講:

Sim¹-lai⁷/san³-hiong¹/e⁵ lang⁵/u⁷ hok⁴-khi³,/
心 內 散 凶兮人 有 福 氣,

in¹-ui⁷ thian¹-kok⁴/si⁷ in¹ e⁵./
因為 天 國 是 怹兮。

Iu¹-bun⁷/e⁵ lang⁵/u⁷ hok⁴-khi³,/
憂 悶兮人 有 福 氣,

in¹-ui⁷ in¹ beh⁴ siu⁷ an¹-ui³./
因為怹要 受 安 慰。

Un¹-jiu⁵/e⁵ lang⁵/u⁷ hok⁴-khi³,/
溫 柔兮人 有 福 氣,

in¹–ui⁷ in¹ beh⁴ seng⁵–chiap⁴ tho˙²–toe⁷./

因為恁要　承　接　土　地。

Iau¹/chhui³–ta¹/him¹–bo˙⁷ gi⁷/e⁵ lang⁵/u⁷ hok⁴–khi³,/

枵　喙　乾欣慕義兮人有福　氣，

in¹–ui⁷ in¹ beh⁴ tit⁴ tioh⁸ pa²./

因為恁要　得　着　飽。

Lin⁵–bin² lang⁵/e⁵ lang⁵/u⁷ hok⁴–khi³,/

憐　憫人兮人有福氣，

in¹–ui⁷ in¹ beh⁴ tit⁴ tioh⁸ lin⁵–bin²./

因為恁要　得　着　憐　憫。

Chheng¹–khi³ sim¹–koaᴺ¹/e⁵ lang⁵/u⁷/hok⁴–khi³,/

清　氣心　肝兮人有福　氣，

in¹–ui⁷ in¹ beh⁴ khoaᴺ³–kiᴺ³ Siong⁷–te³./

因為恁要　看　見　上　帝。

Ho˙³ lang⁵ ho⁵–peng⁵/e⁵ lang⁵/u⁷ hok⁴–khi³,/

與　人　和　平兮人有福　氣，

in¹–ui⁷ in¹ beh⁴ chheng¹–choe³ Siong⁷–te³/e⁵ kiaᴺ²./

因為恁要　稱　做　上　帝兮囝。

Ui⁷–tioh⁸ gi⁷/bat⁴ siu⁷ khun²–tiok⁸/e⁵ lang⁵/u⁷ hok⁴–khi³,/

為　着義捌受　窘　逐兮人有福　氣，

in¹–ui⁷ thian¹–kok⁴/si⁷ in¹ e⁵./

因為天　國是恁兮。

　Ui⁷–tioh⁸ goa²,/lang⁵ chiah⁴ loe²–me⁷ lin²,/

　為　着我，人　即　詈罵恁，

khun²–tiok⁸ lin²,/hui²–pong³ lin²/bang⁷–hang⁷/e⁵ phaiᴺ²,/

窘 逐 恁,誹 謗 恁 萬 項 兮 歹,

lin² chiu⁷ u⁷ hok⁴–khi²./

恁 就 有 福 氣。

Tioh⁸ hoaᴺ¹–hi²/khoai³–lok⁸,/

着 歡 喜 快 樂,

in¹–ui⁷ lin² ti⁷ thiᴺ¹–lin⁰/e⁵ po³–siun²/si⁷ toa⁷,/

因爲恁著天 裡兮報 賞是大,

in¹–ui⁷ lin² i²–cheng⁵/e⁵ sian¹–ti¹–lang⁵,/

因爲恁以 前 兮 先 知人,

lang⁵ ah⁸ an²–ni¹/khun²–tiok⁸ in⁰./

人 亦 按 呢 窘 逐 恁。

Lin² si⁷ toe⁷–chiuᴺ⁷/e⁵ iam⁵./

恁 是 地 上 兮 塩。

Iam⁵/na⁷ sit⁴ bi⁷,/beh⁴ eng⁷ sim²–mih⁸/ho·⁷ i¹ kiam⁵?/

塩 那 失味,要 用 甚 麼 與伊 鹹?

Au⁷–lai⁵/bo⁵ lo·⁷–eng⁷,/put⁴–ko³/hiat⁴ ti⁷ goa⁷–bin⁷,/

後 來 無 路 用,不 過 擲 著 外 面,

ho·⁷ lang⁵ thun²–tah⁸/nia⁷–nia⁷./

與 人 蠢 踏 而 已。

Lin² si⁷ se³–kan¹/e⁵ kng¹,/

恁 是 世 間 兮 光,

siaᴺ⁵/khi¹ ti⁷ soaᴺ¹–teng²/boe⁷ oe⁷ un²–bat⁸./

城 起 著 山 頂 膾 會 隱 密。

Bo⁵ lang⁵ tiam² teng¹/he⁷ ti⁷ tau²–e⁷,/

無人　點　燈下著斗下，

chiu⁷–si⁷ he⁷ ti⁷ teng¹–tai⁵–teng²,/

就是下著燈台頂，

chiu⁷ pian³ chio³ chhu³–lai⁷/e⁵ lang⁵./

就　遍照　厝內兮人。

An²–ni¹/lin² e⁵ kng¹/tioh⁸ chio³ ti⁷ lang⁵ e⁵ bin⁷–cheng⁵,/

按呢恁兮光着　照著人兮面　前，

ho·⁷ in¹ khoaᴺ³–kiᴺ³ lin² e⁵ ho² so·²–kiaⁿ⁵,/

與怹看　見恁兮好所行，

lai⁵ kui¹ eng¹–kng¹/ho·⁷ lin² ti⁷ thiⁿ¹–lin⁰/e⁵ Pe⁷./

來歸榮　光與　恁著天　裡兮爸。

　　　　　　　　tui³ toe⁷–go·⁷ chiuⁿ¹/tek⁴–liok⁸/（對第五章摘錄）

　Boe⁷–tit⁴ eng⁷ seng³/e⁵ mih⁸/ho·⁷ kau²,/

膾　得用聖兮物　與　狗，

ah⁸ boe³–tit⁴ eng⁷ lin² e⁵ chin¹–chu¹/hiat⁴ ti⁷ ti¹/e⁵ thau⁵–cheng⁵,/

亦膾　得用恁兮眞　珠　擲著豬兮頭　前，

kiaⁿ¹–liau² in¹ eng⁷ kha¹/tah⁸ i⁰,/

驚　了怹用　跤　踏伊，

oat⁸–lin³–tng²/ai⁵ ka⁷ lin⁰./

空圞　轉來咬恁。

　Kiu⁵/chiu⁷ ho·⁷ lin⁰,/chhe⁷/chiu⁷ tu² tioh⁰,/

求　就與　恁，尋　就抵　着，

phah⁴ mng⁵/chiu⁷ ka⁷ lin² khui¹./
拍　門　就　給　恁　開。

In¹-ui⁷ kiɴ³-na⁷❷ kiu⁵ e⁰/tit⁴ tioh⁰,/
因爲　見　那　求　兮　得　着，

chhe⁷ e⁰/tu² tioh⁰,/phah⁴ mng⁵ e⁰/chiu⁷ ka⁷ i¹ khui¹./
尋　兮抵着，拍　　門　兮就　給　伊　開。

Lin² tiong¹-kan¹/u⁷ sim²-mih⁸ lang⁵,/
恁　中　間　有　甚　麼　人，

i¹ e⁵ kiaɴ²/ka⁷ i¹ tho² piaɴ²,/
伊兮团給伊討　餅，

kam² beh⁴ eng⁷ chioh⁸-thau⁵/ho·⁷ i⁰?/
敢　要　用　石　　頭　與　伊？

Ah⁴-si⁷ beh⁴ tiɴh⁸ hi⁵,/kam² beh⁴ eng⁷ choa⁵/ho·⁷ i⁰?/
抑是要　值　魚，敢　要　用　蛇　與　伊？

Lin² chiah⁴ e⁵/sui¹-jian⁵ phaiɴ²,/
您　即　兮雖　然　歹，

iau² koh⁴ oe⁷-hiau²-tit⁴ eng⁷ ho²-mih⁸/ho·⁷ lin² e⁵ kiaɴ²-ji⁵,/
猶　閣　會　曉　得　用　好　物　與　恁　兮团兒，

ho⁵-hong³ lin² ti⁷ thiɴ¹-lin⁰/e⁵ Pe⁷,/
何　況　恁　著　天　裡兮爸，

kam² bo⁵ beh⁴ eng⁷ ho²-mih⁸/ho·⁷ kiu⁵ i⁰ /e⁵ lang⁵ ma⁰?/
敢　無　要　用　好　物　與　求　伊兮人　嗎？

So·²-i²/lin² kiɴ³-na⁷ ai³ lang⁵ khoan²-thai⁷ lin⁰ e⁰,/
所以恁　見　那　愛　人　款　待　恁兮，

lin² ah⁸ tioh⁸ an²-ni¹/khoan²-thai⁷ lang⁰,/

恁亦着　按呢　款　待人，

in¹-ui⁷ che¹/si⁷ lut⁸-hoat⁴/kap⁴ sian¹-ti¹./

因爲　者是　律　法　佮　先知。

　Lin² tioh⁸ tui³ hit⁴ e⁵ oeh⁸ mng⁵/jip⁸,/

　恁　着　對　彼兮狹　門　入，

in¹-ui⁷ thau³ kau³ biat⁸-bo⁵/hit⁴ e⁵ lo·⁷/toa⁷ tiau⁵,/

因爲透　夠　滅　無　彼兮路大　條，

tui³ hia¹/jip⁸/e⁵ lang⁵/choe⁷./

對　夫　入兮人　多。

Thau³ kau³ oah⁸ e⁰/hit⁴ e⁵ mng⁵/oeh⁸,/

透　夠　活兮彼兮門　狹，

hit⁴ e⁵ lo·⁷/soe³ tiau⁵,/chhe⁷ tioh⁰/e⁵ lang⁵/chio²./

彼兮路細　條，尋　着兮人　少。

　　　　tui³ toe⁷-chhit⁴ chiuᴺ¹/tek⁴-liok⁸/（對第七章摘錄）

~~~~~~~~~~~~~~~~~~~~~~

〔註釋〕

❶華南一帶有基督教傳教活動，是北京條約（1860）簽訂後的結
　果。1865年，英國醫師馬克斯威爾在台南市開始一面行醫一面
　傳教。1871年，英國長老教會正式派遣甘爲霖牧師 (W. Ca-
　mpbell) 和狄克遜醫師到台灣，1875年巴克禮 (Thomas Bar-
　clay) 牧師也前來上任。

聖經於何時、如何翻譯成的，因我手邊沒有資料，無法正確查證。

經由教會所做的翻譯，有時措詞過於矯柔做作，必須注意。

❷接續詞。也說成 kian³-na⁷（見那），意思是〈每到……時〉。

kin²-na⁷ Le²-pai³,/tioh⁸ loh⁸ ho·⁷／（見那禮拜，著落雨）

〈每到星期天就下雨〉

kian³-na⁷ khoaN³ tioh⁰,/Chiu⁷ ai³ boe².／（見那看着，就愛買）

〈一看到就想買〉

「風篩」與「西北雨」

　　有一次和從台灣來的旅客談話，讓我很吃驚。他是年過六十的人，台灣話講得很道地。他將 typhoon（颱風）說成 thai¹-hong¹。啊，北京話的影響竟是如此嚴重！不禁令人感慨萬千。

　　台灣因為颱風頻繁，自古即有 hong¹-thai¹（風篩）一詞。用〝篩〞字來表示 thai¹的音，在聲母裡雖留有少許問題，但〈篩子〉的意思是沒有錯的。《台灣縣志》（康熙60年，1721年撰）中也提到「颱風夾帶狂風暴雨，四面環至，狀似在空中旋舞」。颱風是以逆時鐘方向廻旋渦轉，不就像「風的篩子」嗎？

　　將北京話的「颱風」(tái fēng) 直譯成 thai¹-hong¹，已是一個大問題。其次，如依據聲符〝台〞，應發成 tai⁵（5聲，無氣音）的音，這一點也偏離了音韻的對應。真是荒謬。

　　與颱風並駕齊驅，在南台灣也很有名的是夏季像定期航班降下的驟雨 sai-pak⁴-ho⁷（西北雨）。最近讀到業餘語源研究者的書中提到：因為是激烈的雨，所以應該是 sai¹-pa³-ho⁷（獅豹雨）才對，或說〝西〞是「午後」，〝北〞是「水」，說得真像有那麼一回事。

　　我向日本氣象協會的專家請教，得知台灣南部位於熱帶地區特有的低緯度偏東風帶，受偏東風影響而產生低周波的波動現象，乘著這股波動，一種低氣壓由東向西前進。我們觀察天氣圖可知，在台灣南部的夏季，低氣壓通過的周期為1天到3天左右。此種低氣壓通過時會

降下狂風暴雨，但因為風將低氣壓中心部位往左吹，其走向自然變成西北方向。所以，台灣人自古稱為「西北雨」，本來就是正確的！

③ Goa² u⁷ khi³ Ta¹-pa¹-ni⁵ ❶ /
我 有 去 嚁 吧 哖

Ong⁵ Iok⁸-tek⁴ ／ 王育德

Cheng⁵ pai²/e⁵ sio¹-chian³-tiong¹,/
前 擺兮相 戰 中,

　　　　　　　　第二次世界大戰中，

goa² ui⁷-tioh⁸ beh⁴ chhe⁷ so·¹-khai¹ khi³ ti⁷ Lam⁵-chng¹/
我爲着要 尋 疎 開 去著 南 庄

　　　　　　我爲了尋找疏散到南庄

e⁵ goa² e⁵ ai³-jin⁵,/lo·⁷/u⁷ keng¹-ke³ Ta¹-pa¹-ni⁵./
兮 我兮愛人,路有經 過嚁 吧哖。

　　　　　　的我的愛人，路過嚁吧哖。

Hit⁴ si⁵-chun⁷/kau¹-thong¹ ki¹-koan¹/chin¹ bo⁵ li⁷-pian⁷,/
彼 時 順 交 通 機 關 眞 無 利 便,

　　　　　　　那時候交通工具很不普及，

kan¹-na¹ thang¹ kho³ ka¹-ti⁷ nng⁷ ki¹ kha¹/kian⁵./
干但 通 靠家己兩枝 跤 行。

　　　　　　只能靠自己兩條腿走路。

Thau³-cha²/che⁷ he²-chhia¹,/
透 早坐火 車,

　　　　　　　一大早搭上火車，

（曾文水庫）

楠西

噍吧哖

竹頭崎

北寮　後窟

新市

那拔林

大目降　　左鎮　　南庄

tui³ Tai⁵–lam⁵/khi³ Sin¹–chhi⁷–a²❷,/
對 台 南 去 新 市 仔,

從台南去新市，

loh⁸–chhia¹,/lai⁵/chiu⁷ eng⁷ kian⁵ e⁰ la⁰./
落 車, 來 就 用 行 分 啦。

下車之後，就一路步行。

Jip⁸ khi³ Toa⁷–bak⁸–kang³❸/(chok⁴–giat⁸ e⁰/kio³–choe⁷ toa⁷ liap⁸ kan³),/
入 去 大 目 降 （ 作 孽 分 叫 做 大 粒 幹 ），

走進大目降（調皮的人叫做大粒幹（指睪丸）），

ke³ Na³–poat⁸–na⁵/kau⁷ Cho²–tin³,/jit⁸/chiu⁷ beh⁴ tau³ la⁰./
過 那 拔 林 夠 左 鎮, 日 就 要 晝 啦。

經過蕃石榴林到左鎮，就將近中午了。

Po·⁷–pin⁵ han²–tit⁴ kiaɴ⁵ hng⁷–lo·⁷,/
暴　憑　罕　得　行　遠　路，

平常很少走遠路，

jit⁸ ni⁰/phak⁸,/ho·⁷ ni⁰/lam⁵,/
日呢　曝，雨呢淋，

日曬雨淋的，

sui¹–jian⁵ kong²–si⁷ ui⁷–tioh⁸ ai³–jin⁵,/
雖然　講是爲　着　愛　人，

雖然説是爲了愛人，

sit⁸–chai⁷/ah⁸ si⁷ chin¹ phaiɴ²–mia⁷./
實　在亦是　眞　歹　命。

實在也是很辛苦。

Ian⁵–lo·⁷ kiaɴ⁵,/ian⁵–lo·⁷ liam⁷,/
沿　路　行，沿　路　念，

邊走邊嘀咕，

"Ui⁷ chi¹/si²/ui⁷ chi¹/chau² chhian¹–li²."/
「爲膣死爲膣　走　千　里。」

「爲膣（女陰）死，爲膣走千里。」

——Chit⁴ ku³ siok⁸–gu²/eng¹–kai¹ si⁷
即　句　俗　語　應　該　是

——這句俗語，應該是

"Ui⁷ chiɴ⁵ si²,/ui⁷ chiɴ⁵/chau² chhian¹–li²."/
「爲　錢死，爲　錢　走　千　里。」

「爲錢死，爲錢走千里。」

Hit⁴ si⁵/e⁵ heng⁵–chong⁷,/

彼 時 兮 形　 狀,

　　　　　　　　　那時候的打扮,

thau⁵–khak⁴/si⁷ ti³ hah⁸–loeh⁸,/

　頭　 殼 是 戴 箬 笠,

　　　　　　　　　頭上是戴斗笠,

na²–chhiuɴ⁷ chhau²–toe⁷–lang⁵./nng⁷ ki¹ peh⁸–leng⁷–si¹ kha¹,/

那　 像　　草 地 人。兩 枝 白 鴿 糸 跤,

　　　　　　　　就像鄉下人。兩條腿像白鷺鷥腳,

si⁷ pak⁸ khia¹–hang²,/

是 縛　 腳　 絆,

　　　　　　　　　綁著綁腿,

keng¹–kah⁴–thau⁵/chit⁸ peng⁵/phaiɴ⁷ pau¹–hok⁸,/

　肩 甲 頭 一 爿　 背 包 袱,

　　　　　　　　　肩上一邊揹包袱

chit⁸ peng⁵/phaiɴ⁷ chui²–koan³./

　一 爿　 背 水　 罐。

　　　　　　　　　　一邊揹水壺。

tui³ chit⁴–ma²/lai⁵ ka⁷ siuɴ⁷,/

對 即　 滿 來 給 尙,

　　　　　　　　　現在回想起來,

ah⁸ na² ho²–chhio³,/ah⁸ na² kho²–lian⁵./

亦 那 好　 笑,亦 那 可　 憐。

　　　　　　　　既覺得好笑,又覺得可憐。

Kau³ Cho²-tin³/e⁵ lo·⁷,/sng³ khi⁰-lai⁰/iau² piN⁵-taN²/ho² kiaN⁵,/

夠　左　鎮兮路，算起來　猶平　坦好　行，

到左鎮的路，還算平坦好走，

tui³ Cho²-tin³/beh⁴ oat⁴ jip⁸-khi³ Lam⁵-chng¹/e⁵ lo·⁷/chiu⁷ bai² la⁰./

對左　鎮要　斡入去　南　庄兮路就　偃啦。

從左鎮進入南庄的路就差了。

Khi²-khi² loh⁸-loh⁸/oan¹-oan¹ oat⁴-oat⁴,/

起起落　落彎彎斡斡，

崎嶇不平，彎彎曲曲，

tiong¹-kan¹/u⁷ kui²-a² e⁵ chiok⁴ kia⁷/e⁵ kia⁷./

中　間有幾仔兮足　崎兮崎。

中途有幾個很陡的峭坡，

Siong⁷ kia⁷ e⁰/kio³-choe³ Siak⁴-si²-kau⁵-kia⁷,/

上　崎兮叫　做　揀死猴崎，

最陡峭的險坡叫做「墜猴坡」。

beh⁴ peh⁴ chit⁴ e⁵,/

要擘即兮，

要爬這條坡路，

tioh⁸-ai³ tiam³ tiong¹-cham⁷/hioh⁴-khun³ chit⁸ nng⁷ pai²./

着愛站　中站　歇困一兩擺。

中途得休息一二次。

Chit⁴ tah⁴/e⁵ gu⁵-chhia¹/long² si⁷ nng⁷ chiah⁴/teh⁴ thoa¹,/

即搭兮牛車　攏是兩隻著拖，

這附近的牛車都是兩隻牛在拖，

ah⁸ u⁷ tek⁸–piat⁸/e⁵ chhia¹–tong³./

亦 有 特 別 兮 車　擋。

也有特別的煞車。

Thiaᴺ¹–kiᴺ³–kong² Ta¹–pa¹–ni⁵ su⁷–kiaᴺ⁷/e⁵ tong¹–si⁵,/

聽　 見　講　嘸 吧 哖 事 件 兮 當 時，

聽說嘸吧哖事件發生那時，

chit⁴ tah⁴/e⁵ lang⁵/long² ho·⁷ Jit⁸–pun²–a²/chau⁵ liau²–liau²./

即 搭 兮 人　攏 與 日 本 仔 剿 了 了。

這一帶的住民全被日本人殺光了。

Kau² Lam⁵–chng¹,/long² si⁷ e⁷–po·¹ saᴺ¹ si³ tiam²,/

夠 南　 庄，攏 是 下 晡 三 四 點，

到南庄，都是下午三、四點光景，

ai³–jin⁵/hoaᴺ¹–hoaᴺ¹–hi¹–hi²/phang⁵ bin⁷–thang²–chui²/

愛 人 歡　 歡 喜 喜 捧 面 桶　水

愛人高高興興端臉盆水

ho·⁷ goa² liu⁵ seng¹–khu¹./

與 我 溜 身　軀。

給我擦身體。

Than³ jit⁸/iau² be⁷ loh⁸ soaᴺ¹,/tioh⁸ chio¹ i¹ chhut⁴ khi³ san³–po·⁷./

趁 日 猶 未 落 山，着 招 伊 出 去 散 步。

趁太陽還未下山，邀她出去散步。

Chng¹/e⁵ lam⁵–peng⁵–be²/sui⁵ u⁷ khoaᴺ⁷–kiᴺ³ chit⁸ e⁵ soaᴺ¹,/

庄 兮 南 朌 尾 隨 有 看　見　一 兮 山，

一出村的南邊，馬上看得到一座山，

tioh⁸ si⁷ U⁵ Chheng¹–hong¹/tui³ hia¹/phah⁴ loh⁰–lai⁰ e⁰./

着 是 余 清 芳 對 夫 拍 落 來 兮。

> 余清芳就是從那邊攻打過來的。

Keh⁴–jit⁸/beh⁴ tng² lai⁰ khi⁰ la⁰./

隔 日 要 轉 來 去 啦。

> 隔天必須回去。

Bo⁵ ai³ kiaᴺ⁵ siang⁷ lo·⁷,/

無 愛 行 像 路，

> 不想走同樣的路，

seh⁸ tui³ Pka⁴–liau⁵/khi³ Ta¹–pa¹–ni⁵,/

旋 對 北 寮 去 噍 吧 哖，

> 繞過北寮去噍吧哖，

pi² beh⁴ chhut⁴ khi³ Cho²–tin³/u⁷ khah⁴ hng⁷/chit⁸–sut⁴–a²/nia⁵./

比 要 出 去 左 鎮 有 較 遠 一 屑 仔 耳。

> 比去左鎮要遠一些。

Ji⁵ na⁷ tiam³ Ta¹–pa¹–ni⁵/

而 那 站 噍 吧 哖

> 不過，在噍吧哖

tioh⁸ khah⁴ ho² liah⁸ he³–but⁸–a²–chhia¹/ah⁴–si⁷ seng⁷–hap⁸ e⁰./

着 較 好 搦 貨 物 仔 車 抑 是 乘 合 兮。

> 比較容易叫到貨車或公車。

Goa² u⁷ khi³ pai³ Ong⁵–ia⁵–kong¹ ❶./

我 有 去 拜 王 爺 公。

> 我去參拜過王爺公，

Khoaɴ³ khi⁰–lai⁰/ah⁸ bo⁵ koh⁴–iuɴ⁷./
看　起　來 亦 無　各　樣。

　　　　　　看起來也没異樣，

Tong¹–jian⁵ lo⋅⁰,/
當　然 嚕,

　　　　　　當然啦，

he¹/si⁷ i²–keng¹ sa¹ chap⁸ tang¹ cheng⁵/e⁵ tai⁷–chi³ la⁰./
夫 是 已 經　三　十　冬　　前 兮 事　志 啦。

　　　　　　那已經是30年前的事了。

Chian³–au⁷/goa² u⁷ kho⁴ chio¹ nng⁵ saɴ¹ e⁵ peng⁵–iu²/khi³ seh⁸
戰　後 我 有 閣　招　兩　三 兮 朋　友 去 旋

　　　　　　戰後，我又邀了二三個朋友去逛了

chit⁸ lin³./Bok⁸–tek⁸/si⁷ beh⁴ kau³ Au⁷–khut⁴–a²/
一 圞。目　的 是 要　夠　後　窟　仔

　　　　　　一圈，目的是要去「後窟仔」

——Kang¹ Teng⁷/bih⁴/e⁵ so⋅²–chai⁷❺./
　　江　定 匿 兮 所　在。

　　　　　　——江定躲藏的地方。

Goa² siuɴ⁷,/hia¹/si⁷ Tai⁵–oan⁵/e⁵ Chin²–kang¹–soan¹,
我　尚, 夫 是 台　灣 兮 井　崗　山,

　　　　　　我想，那是台灣的井崗山，

tau³–ti² sin¹–choe⁷ iɴ⁵/ah⁴ piɴ²❻,/
到 底 生　做　圓 抑 扁,

　　　　　　到底是什麼模樣，

u⁷ chit⁸ khoaɴ³/e⁵ ke³-tat⁸./
有一　看 兮 價 值。

值得一看。

Chit⁴ pai²/u⁷ goa² ka³/e⁵ hak⁸-seng¹
即　擺 有 我 教 兮 學　生

這次有我教過的學生

(chian³-au⁷/goa² choe³ Tai⁵-lam⁵ it⁴-tiong¹/e⁵ sian¹-siɴ¹/)
（戰　後 我 做 台 南 一　中 兮 先 生）

（戰後，我在台南一中當老師）

ti⁷ Ta¹-pa¹-ni⁵/khah⁴ jip⁸ khi⁰/e⁵ Lam⁵-se¹,/
著 嚇 吧 咩 較 入 去 兮 楠　栖，

住在嚇吧咩再往裡面去的楠栖，

ah⁸ u⁷ ti⁷ Pak⁴-liau⁵,/
亦 有 著 北　寮，

也有住北寮的，

m⁷-bian² chhiuɴ⁷ cheng⁵ pai²/tit⁸-tit⁸ le⁵,/
唔 免　像　前 擺 直 直 犁，

不必再像前次那樣一直趕路，

oe⁷-tang³ hioh⁴ chia¹/hioh⁴ hia¹./
會 當 歇 者 歇 夫。

可以四處歇息。

Goan² tui³ Pak⁴-liau⁵/ian⁵ Au⁷-khut⁴-a²-khoe¹/jip⁸ soaɴ¹-lai⁷/khi³./
阮 對 北 寮 沿 後 窟 仔 溪 入 山　內 去。

我們從北寮沿著後窟仔溪入山。

Lo·⁷/ai³ ke³ Tek⁴–thau⁵–kia⁷./
路 愛 過 竹 頭 崎。

中途必須經過竹頭崎。

Chia¹/tioh⁸ si⁷ Kang¹ Teng⁷/chhut⁴–si⁷/e⁵ so·²–chai⁷./
者 着 是 江 定 出 世 兮 所 在。

這就是江定出生的地方。

Chit⁴ hu⁷–kun⁷/u⁷ goan² lau⁷–pe⁷/hun⁷–ko·²/e⁵ thng⁵/pho·⁷,/
即 附 近 有 阮 老 爸 分 股 兮 糖 廍,

這附近有我老爸持股的糖廠,

sun⁷–soa³ ai³ beh⁴ khi³ ka⁷ tham³ khoaN³–bai¹./
順 續 愛 要 去 給 探 看 覓。

順便得給去探看一下。

Beh⁴ khi³/e⁵ lo·⁷/chin¹ oeh⁸,/
要 去 兮 路 眞 狹,

要去的道路狹窄,

kan¹–na¹ gu⁵–chhia¹/oe⁷–tang³ ke³/e⁵ khoah⁴,/
干 但 牛 車 會 當 過 兮 濶,

只一台牛車可通過的寬度,

liong² peng⁵/long² si⁷ pi² lang⁵/khah⁴ koan⁵/e⁵ chhau²–a²–po·¹,/
兩 朌 攏 是 比 人 較 懸 兮 草 仔 埔,

兩邊都是比人還高的草叢,

lai⁷–bin⁷/bih⁴ tok⁸–choa⁵、/chhiN¹–hoan¹/li² ma⁷ m⁷ chai¹./
內 面 匿 毒 蛇、 生 蕃 汝 也 唔 知。

裡面藏有毒蛇、生蕃也未可知。

I²-cheng⁵/IuN⁵ Ban⁷-po²˪/kong² chau² jip⁸ lai⁷-soaN¹/

以 前 楊 萬 寶 講 走 入 內 山

以前說楊萬寶逃入山裡，

ho·⁷ keng²-chhat⁴/liah⁸ long² boe⁷ tioh⁸,/

與 警 察 搦 攏 獪 着，

警察都抓不到，

tai⁷-khai³/si⁷ chit⁴ khoan²/e⁵ so·²-chai⁷ o·⁰./

大 概 是 即 款 兮 所 在 哦。

大概就是這樣的地方。

Thng⁵-pho·⁷/e⁵ lang⁵/khoaN³ goan² khi³,/kiaN¹ chit⁸ tio⁵,/

糖 廍 兮 人 看 阮 去，驚 一 調，

糖廠的人看見我們，嚇了一跳，

toa⁷-toa⁷ ka⁷ goan² hoan¹-geng⁵,/

大 大 給 阮 歡 迎，

非常熱情的歡迎我們，

kong²cheng⁵-kau³-taN¹/m̄⁷ bat⁴u⁷chit⁸e⁵ko·²-tong¹/lai⁵kau³chia¹./

講 從 夠 今 唔 捌 有 一 兮 股 東 來 夠 者。

說從來沒有一個股東來過這裡。

In¹ thiaN¹-kong² goan² beh⁴ khi³ Au⁷-khut⁴-a²/

您 聽 講 阮 要 去 後 窟 仔

他們聽說我們要去後窟仔

iau² khah⁴ tioh⁸-kiaN¹,/

猶 較 着 驚，

更是吃驚，

kong² chit⁸ jit⁸/choat⁸-tui³ kiaᴺ⁵ boe⁷ kau³ e⁰./

講　一　日　絕　對　行　獪　夠　兮。

> 說一天絕對到不了。

Lo·⁷/ma⁷ na² u⁷/na² bo⁵./

路　也　那　有　那　無。

> 路也是若有若無的。

Chit⁴-ma²/tu²-tioh⁸ ho·⁷-ki⁵,/khoe¹-liⁿ⁰/tiong³-chui²./

即　滿　抵　着　雨　期，溪　裡　漲　水。

> 現在剛好遇上雨季，溪水暴漲。

Lin² ah⁸ bo⁵ chah⁴ niu⁵-chhau²,/ah⁸ bo⁵ giah⁸ ho·⁷-soaⁿ³,/

恁　亦　無　揀　糧　草，亦　無　擇　雨　傘，

> 你們既沒帶糧食，又沒帶雨傘，

mai³/khah⁴ ho²./Goan² ma⁷ m̄⁷ bat⁴ khi³./

勿　較　好。阮　也　唔　捌　去。

> 最好不要去。我們也不曾去過。

Goan² thiaᴺ¹ tioh⁸ an²-ni¹,/bin⁷/o·¹ chit⁸ peng⁵,/

阮　聽　着　按　呢，面　烏　一　份，

> 我們聽到這種狀況，臉綠了一半，

leng⁵-kho·² khoaᴺ³-phoa³/tng² lai⁰ khi⁰ no·⁰./

寧　可　看　破　轉　來　去　哪。

> 寧可作罷，打道回府去。

chiong³-gi⁷/it⁴-koat⁴,/chiu⁷ toa⁷-po·⁷ kiaᴺ⁵/soe³-po·⁷ chau²,/

衆　議　一　決，就　大　步　行　細　步　走，

> 衆議既決，便大步走小步跑，

pian³ tng² lai⁵ kau³ Pak⁴–liau⁵,/

拼 轉 來 夠 北 寮，

> 趕回來到北寮，

sai¹–pak⁴–ho·⁷/toa⁷–chun⁷–soe³–chun⁷/kau³./

西 北 雨 大 順 細 順 夠。

> 西北雨大陣小陣襲來。

Keh⁴–jit⁸/tui³ Pak⁴–liau⁵/seh⁸ tui³ Lam⁵–chng¹/to³–tng² lai⁰./

隔 日 對 北 寮 旋 對 南 庄 倒 轉 來。

> 隔天，從北寮繞過南庄回來。

Kau³ Lam⁵–chng¹/kian³–keng²/siong¹–cheng⁵,/

夠 南 庄 見 景 傷 情，

> 來到南庄，見景傷情，

bak⁸–sai²/giong⁷ beh⁴ lin³ loh⁰–lai⁰./

目 屎 強 要 圖 落 來。

> 眼淚差一點掉下來。

In¹–ui⁷ goan² nng⁷ e⁵/e⁵ loan⁵–ai³,/

因為 阮 兩 兮 兮 戀 愛，

> 因為我們兩人的戀愛，

chit⁴ si⁵/i²–keng¹ piN³–choe³ phok⁴–but⁸–koan²/e⁵ ko·²–tong² la⁰./

即 時 已 經 變 做 博 物 館 兮 古 董 啦。

> 此時已變做博物館的古董了。

goan⁵–bun⁵/khan¹ ti⁷ Tai⁵–oan⁵ Chheng¹–lian⁵/toe⁷–si³ ho⁷

（原文刊於《台灣青年》第4號──1960年12月）

〔註釋〕

❶ 噍吧哖是蕃社名稱，位在日本人所稱的玉井一帶。1915年（大正4年），台灣人最後的武力抗爭在這附近激烈展開。此一事件是由主導者余清芳 (U^5 Chheng^1-hong^1)，江定 (Kang^1 Teng^7) 和羅俊 (Lo^5 Chun^3) 三人在台南市的西來庵 (Se^1-lai^5-am^1) 策劃而成，所以也稱西來庵事件。

❷ 荷蘭時代，最早接受教化的新港番社舊址。

❸ 由原住民塔宇庫亢社的名稱而來，即現今的新化。

❹ 王爺並非特定的神，而是守護土地的衆神明的總稱。〝公〞是其尊稱。

有一句俗話說 "U^5 Chheng^1-hong^1/hai^7-si^2 Ong^5-ia^5-kong^1/"（余清芳害死王爺公）。意思是因爲余清芳的關係，害王爺變得很慘。但我的理解，應是指 Ta^1-pa-ni^5 事件的多數被檢舉者因暫時被拘留於王爺公廟裡，傷及了廟的神聖而言。

❺ 江定是附近一帶的豪族，是武力抗爭的主要戰力。

❻ 這是一句諺語，圓或扁是指〈什麼樣的形狀〉的意思。

❼ 昭和12～13年（1937～38）時，台灣報紙稱之爲〝鬼熊〞，是喧騰一時的兇惡罪犯。

IV. 台灣的俚諺

　　我試著選出232句台灣自古以來膾炙人口的諺語。讀者應該
會發現其中包含一針見血的警句、巧妙的諷刺和押韻有趣的俏皮
話。有關諺語的寓意，相信還有與我截然不同的解釋。

〔 參考資料 〕

台灣總督府《 台灣俚諺集覽 》　1914

片岡巖《 台灣風俗誌 》　1921

台灣總督府《 台日大辭典 》　1932

A

1 Ah⁴–a²/teh⁴ thianᴺ lui⁵./
（鴨仔著 聽 雷）

喻馬耳東風

2 Ah⁴–nng⁷/khah⁴ bat⁸/ah⁸ u⁷ phang⁷./
（鴨卵 較 密亦有 縫）

天下沒有絕對的秘密

3 Ang¹–i⁵/sun⁷ oe⁷–be²./
（尪姨順話尾）

順勢說話

B

4 Bak⁸–chiu¹/ho·⁷ sai²/ko·⁵./
（目 珠與屎 糊）

沒有眼光

5 Bak⁸–chiu¹–mng⁵/bo⁵ chiuᴺ¹ am²./
（目 珠 毛 無 漿 溚）

沒仔細看清事實

6 Bak⁸–chiu¹/toa⁷ soe³ lui²./
（目 珠 大 細 蕊）

待人不公

7 Bak⁸-sat⁴/chiah⁸ kheh⁴./

（木 虱 食 客）

主人得利

8 Bang²/teng³ tioh⁸ lan⁷-pha¹./

（蠓 釘 着 屪 脬）

進退兩難

9 Be⁷-cheng⁵ oh⁸ kiaɴ⁵,/tioh⁸ beh⁴ oh⁸ pe¹./

（未 曾 學 行，着 要 學 飛）

萬里之遙始於一步

10 Be⁷ chiah⁸ chang³,/mi⁵-hiu⁵/m⁷-kam¹ pang³./

（未 食 粽，綿 裘 唔 甘 放）

乍暖還冷

11 Beh⁴ chiah⁸,/sat⁴-bu²/m⁷ liah⁸./

（要 食，虱 母 唔 搦）

好吃懶做

12 Beh⁴ khau³,/bo⁵ bak⁸-sai²./

（要 哭，無 目 屎）

欲哭無淚

13 Bo⁵ Au⁷-soaɴ¹/thang¹ kho³./

（無 後 山 通 靠）

沒有靠山

14 Bo⁵ gu⁵/sai² be²./

（無 牛 使 馬）

因繁就簡

15　Boe² chhu³,/boe² chhu³–piᴺ¹./

（買　厝，買　厝　邊）

買房子也得考慮周邊的環境

16　Boe⁷–hiau² sai² chun⁵,/hiam¹ khoe¹/oeh⁸./

（𣍐　曉　駛　船，嫌　溪　狹）

不要隨意遷怒他人

17　Boe⁷ hui⁵/chiah⁸ khih⁴,/chit⁴ chhioh⁸/khun³ i²./

（賣　磁　食　欠，織　蓆　困　椅）

賣瓷器的用破碗吃飯，織草蓆的睡在椅上，喻自身難保

18　Boe⁷ kng¹ kio⁷,/m⁷–thang¹ khui¹ kio⁷–tiam³./

（𣍐　扛　轎，唔　通　開　轎　店）

不自量力

19　Boe⁷ siu⁵,/khan¹–thoa¹ lan⁷–pha¹/toa⁷ kiu⁵./

（𣍐　泅，牽　拖　羼　脬　大　球）

不知自省

20　Bong¹ la⁵–a²/kiam¹ soe² kho⁻³./

（摸　蜊仔　兼　洗　褲）

喻一舉兩得

21　Bu³ sam¹/put⁴ seng⁵ le²./

（無三　不　成　禮）

講究禮數

Ch

22　Cha¹-bo·²/pang³ jio⁷/boe⁷ choaN⁷ piah⁴./
　（查姥　放　尿　嬒濺　壁）

　　　　　　　　　　女人的能力比不上男人

23　Cha²/khoaN³ tang¹-lam⁵,/mng²/khoaN³ sai¹-pak⁴./
　（早看　東　南,晚　看　西北）

　　　　　　　　　　察看天候

24　ChaN² lang⁵ e⁵ tiu⁷-a²-be²./
　（斬　人兮稻仔尾）

　　　　　　　　　　佔取他人的成果

25　Chap⁸ chhui³/kau² thau⁵-bak⁸./
　（十　喙　九　頭　目）

　　　　　　　　　　人多嘴雜

26　Chap⁸-liam⁷ ta¹-ke¹/chhut⁴ ban⁵-phe⁵ sin¹-pu⁷./
　（雜　念大家　出　蠻皮新婦）

　　　　　　　　　　一物尅一物

27　Chau² chhat⁸/gu⁷ tioh⁸ ho·²./
　（走　賊　遇着虎）

　　　　　　　　　　時運不濟

28　Chau² kau³ Lu⁷-song³,/Ka¹-la⁵-pa¹./
　（走　夠呂宋,加蚋吧）

　　　　　　　　　　逃命要緊

29　Che⁷ chiN²/khoaN³ thiN¹,/kong² thiN¹/soe³./
（坐 井 看 天，講 天 細）

　　　　　　　　　　　　　井底之蛙

30　Cheng⁵/bo⁵ kiu³–peng¹,/au⁷/bo⁵ niu⁵–chhau²./
（前 無 救 兵，後 無 糧 草）

　　　　　　　　　　　　　前後受困

31　Cheng¹ khi³/put⁴ cheng¹ chai⁵./
（爭 氣 不 爭 財）

　　　　　　　　　　　　　爭辨事理

32　ChiN⁵/bo⁵ nng⁷ e⁵/boe⁷ khiang¹./
（錢 無 兩 分 獪 鏗）

　　　　　　　　　　　　　雙方都有責任

33　ChiN⁵/si³ kha¹,/lang⁵/nng⁷ kha¹./
（錢 四 跤，人 兩 跤）

　　　　　　　　　兩腳追不上四腳，喻人應知足常樂

34　ChiaN¹–geh⁰/koaN⁵ si² ku¹,/Ji⁷–geh⁰/koaN⁵ si² gu⁵,/SaN¹–
（正 月 寒 死 龜，二 月 寒 死 牛，三

geh⁰/koaN⁵ si² po·³–chhan⁵–hu¹./
月 寒 死 播 田 夫）

　　　　　　　　　　　　　遭受寒害的痛苦

35　Chiah⁸ bi²,/m⁷ chai¹ bi²–ke³./
（食 米 唔 知 米 價）

　　　　　　　　　　　　　不知人間疾苦

36　Chiah^8 kin^2/long^3 phoa^3 oaɴ^2./
　　（食　緊　撞　破　碗）

欲速則不達

37　Chiah^8 pa^2 khun^3,/khun^3 pa^2 chiah^8./
　　（食　飽　困，困　飽　食）

吃飽了睡，睡飽了吃

38　Chiah^8 pau^1–a^2/hoah^4 sio^1./
　　（食　包　仔　喝　燒）

酸葡萄心理

39　Chiah^8 pe^7/oa^2 pe^7,/chiah^8 bu^2/oa^2 bu^2./
　　（食　爸　倚爸，食　母　倚母）

長期依靠的歸所

40　Chiah^8 pe^7 png^7,/chheng^7 bu^2 hiu^5./
　　（食　爸　飯，穿　母　裘）

專靠父母供養

41　Chiah^8 pian^7/nia^2 chheng^1./
　　（食　便　領　清）

坐享其成

42　Chiah^8 png^7–khaɴ^1 tiong^1–ng^1./
　　（食　飯　坩　中　央）

不知勞苦

43　Chiah^8 pui^5/chau^2 san^2./
　　（食　肥　走　散）

入不敷出

44　chiau²-sai²-bin⁷./

（鳥　屎　面）

一臉好色相

45　Chit⁴-hi⁵/tio³ toa⁷-tai⁷./

（鯽魚釣大鰱）

一本萬利

46　Chit⁸ ki¹ chhau²/chiah⁸ chit⁸ tiam² lo·⁷./

（一枝草　食　一　點　露）

天生我才必有用

47　Chit·⁸ lang⁵/chu²-tiuɴ¹/m⁷-tat⁸-tioh⁸ nng⁷ lang⁵/su¹-niu⁵./

（一　人　主　張　不　值　着　兩　人　思　量）

集思廣益

48　Chit⁸ pai²/tioh⁸ chiah⁸ boe⁷ ta¹./

（一　擺　着　食　𣍐　乾）

一次就慘兮兮

49　Chit⁸-si⁵ hong¹/sai² chit⁸-si⁵ chun⁵./

（一　時　風　駛　一　時　船）

見風轉舵

50　Chiu³-choa⁷ ho·⁷ lang⁵ si²./

（呪　咀　與　人　死）

犧牲他人，成全自己

51　Choa²/boe⁷ pau¹ tit⁴ he²./

（紙　𣍐　包　得　火）

紙包不住火

52 Choe³ chhat⁸/chit⁸ kiɴ¹,/chiu² chhat⁸/chit⁸ mi⁵./

（做　賊　一　更,守　賊　一　冥）

不划算

53 Choe⁷ kiaɴ²/go⁷ si² pe⁷./

（多　囝　餓死爸）

多子累死老爸

54 Chun⁵/ke³,/chui²/bo⁵/hun⁵./

（船　過,水　無　痕）

不知恩

Chh

55 Chhau³ kam¹/to·³ lang²./

（臭　柑　度　籠）

害群之馬

56 Chhau³ kha¹–chhng¹/kiaɴ¹ lang⁵ ng¹./

（臭　跤　倉　驚　人　掩）

怕被人揭短

57 Chhau² –toe⁷ chhin¹–ke¹/chiah⁸ pa²/tioh⁸ khi² kiaɴ⁵./

（草　地　親　家　食　飽　着　起　行）

不多做停留

58 Chhau² –toe⁷–song⁵,/Hu²–siaɴ⁵–gong⁷./

（草　地　傖　府　城　戇）

半斤八兩

59　Chhi⁷ niau²–chhu²/ka⁷ po·³–te⁷./
　　（飼　老　鼠　咬　布　袋）

　　　　　　　　　　　　　　　　自挖牆根

60　chhiɴ¹–bin⁷–ho·²
　　（生　面　虎）

　　　　　　　　　　　　　　　　易怒之人

61　chhiɴ¹–bin⁷–niau¹–ge⁵
　　（生　面　猫　牙）

　　　　　　　　　　　　　　　　長相難看

62　chhiɴ¹–mi⁵–gu⁵
　　（生　盲　牛）

　　　　　　　　　　　　　　　　文盲

63　Chhiɴ¹–mi⁵/m̄⁷ kiaɴ¹ chheng³./
　　（生　盲　唔　驚　銃）

　　　　　　　　　　　　　　　　初生之犢不畏虎

64　Chhiɴ¹–mi⁵ niau¹/tak⁴ tioh⁸ si² niau²–chhu²./
　　（生　盲　猫　觸着死老鼠）

　　　　　　　　　　　　　　　　瞎貓碰到死老鼠

65　ChhiaN³ kui²/thiah⁴ ioh⁸–toaɴ¹./
　　（倩　鬼　拆　藥　單）

　　　　　　　　　　　　　　　　雪上加霜。找錯對象

66　Chhiah⁴ oe⁵/hah⁸ lang⁵ chheng⁷./
　　（刺　鞋　合　人　穿）

　　　　　　　　　　　　　　　　勞而無功

67 Chhit⁴-geh⁸-poaᴺ³ ah⁴/m⁷ chai¹ si²./
（ 七 月 半 鴨不知死）

不知災難臨頭

68 chhio³-bin⁷-ho·²
（ 笑 面 虎）

笑裡藏刀

69 Chhiu⁷/toa⁷,/ng²/ah⁸ toa⁷./
（ 樹 大 影亦大）

樹大招風

70 Chho·¹ sim¹/taᴺ² toa⁷./
（ 粗 心 膽 大）

膽大包天

71 Chhoa⁷-bo·²,/chheh⁴/m⁷ thak⁸,/ke³-ang¹,/kha¹/m⁷ pak⁸./
（ 焄 姥， 册 唔 讀，嫁 翁， 跤 唔 縛）

婚後不思進取

72 Chhong¹-beng⁵/chai⁷ ni²-bok⁸./
（ 聰 明 在 耳目）

稱贊小孩的聰明

E

73 E²-kau²/chiah⁸ ng⁵-ni⁵./
（啞口 食 黃 蓮）

有苦難言

74　E²–kau²/teh⁴ si² kiaᴺ²./
（啞口壓死囝）

　　　　　　　有苦難訴

75　Eng⁵ kah⁴ liah⁸ sat⁴–bu²/sio¹–ka⁷./
（閑及搦虱母相咬）

　　　　　　　閒極無聊

76　Eng⁷ lang⁵ e⁵ kun⁵–thau⁵–bu²/cheng¹ chioh⁸–sai¹./
（用人兮拳頭母爭石獅）

　　　　　犧牲他人做自己的人情

G

77　Giah⁸ sun⁷–hong¹–ki⁵./
（攑順風旗）

　　　　　　　見風轉舵

78　Giam⁵ koaᴺ¹–hu²/chhut⁴ kau⁷ chhat⁸./
（嚴官府出厚賊）

　　　　　　　愈壓迫反彈愈大

79　Gin²–a²–lang⁵/kha¹–chhng¹/saᴺ¹ tau² he²./
（囝仔人跤倉三斗火）

　　　　　　　小孩不怕冷

80　Gin²–a²/u⁷ hiᴺ⁷/bo⁵ chhui³./
（囝仔有耳無喙）

　　　　　喻小孩只能聽，不能說

81   Gu⁷ tioh⁸ kiu³-chhiɴ¹./
（遇 着 救 星）

遇到救星

82   Gu⁵-phiɴ⁷/tng⁷ tioh⁸ chhat⁸-chhiu²./
（牛 鼻 撞 着 賊 手）

意料不到的幸運

H

83   Hai⁷ lang⁵/hai⁷ ki²,/hai⁷ tioh⁸ ka¹-ti⁷ si²./
（害 人 害 己, 害 着 家 己 死）

害人害己

84   Hai²-leng⁵-ong⁵/si⁵ chui²./
（海 龍 王 辭 水）

喻故作推辭

85   Hai²-toe²/bong¹ chiam¹./
（海 底 摸 針）

海底摸針

86   hau³-lam⁵-bin⁷
（孝 男 面）

哭喪著臉孔

87   He²-sio¹-chhu³/sio¹ ke³ keng¹./
（火 燒 厝 燒 過 間）

遭受連累

88　He²/sio¹ ko·¹–liau⁵./
　（火 燒 罟 寮）

網子全被燒光。無網＝無望

89　hiN⁷–khang¹–khin¹
　（耳 孔 輕）

輕信讒言

90　Hia¹/phoa³,/toe²/goan⁵–chai⁷./
　（靴 破，底 原 在）

喻好就是好

91　ho·⁵–li⁵–chiN¹
　（狐 狸 精）

罵女人的惡語

92　Ho·⁵–liu¹/sun⁷ pian⁷–khang¹./
　（鰗 鰡 順 便 空）

泥鰍找到現成的孔洞，揀便宜

93　Ho·²–thau⁵/niau²–chhu²–be²./
　（虎 頭 老 鼠 尾）

虎頭蛇尾

94　Ho² chiu²/tim⁵ ang³–toe²./
　（好 酒 沈 甕 底）

喻深藏不露

95　Ho² hoe¹/chhah⁴ ti⁷ gu⁵–sai²–pu⁵./
　（好 花 插 著 牛 屎 飑）

鮮花插在牛糞上

96　Ho²–khoaɴ³/m⁷ ho²–chiah⁸./
（好　看　唔好　食）

中看不中吃

97　Ho² pih⁴/thai⁵ kah⁴ sai²/lau⁵./
（好鱉　刣　及屎　流）

喻處理不當

98　Ho²–sim¹/khi³ ho·⁷ lui⁵/kong³ si⁰./
（好心　去與　雷　摃　死）

好心沒有好報

99　Hoe¹/chiah⁸ lo·⁷–chui²,/lang⁵/chiah⁸ chhui³–sui²./
（花　食　露　水，人　食　喙　美）

喻應笑臉迎人

│

100　ia²–he⁵–siun⁷
（野和　尙）

喻人行爲不檢點

101　Iau¹–kui²/ke² soe³–ji⁷./
（枵　鬼　假　細膩）

喻假惺惺

102　It⁴ chhian⁵,/ji⁷ ian⁵,/saɴ¹ sui²,/si³ siau³–lian⁵./
（一　錢，二　緣，三　美，四少　年）

一錢、二緣、三俊、四少年（追求女性的秘招）

103　It⁴ khan¹-seng⁵,/ji⁷ ho²-un⁷,/saɴ¹ chai⁵-cheng⁵./
（一 牽 成，二 好 運，三 才 情）

　　　　一提攜、二機運、三才氣（出人頭地的條件）

104　Iu²-kong¹/bo⁵ siuɴ²,/phah⁴-phoa³/tioh⁸ pe⁵./
（有 功 無 賞， 拍 破 着 賠）

　　　　喻有功無賞，犯錯卻得受罰

J

105　Jip⁸ kang²/sui⁵ oan¹,/jip⁸ hiong¹/sui⁵ siok⁸./
（入 港 隨 灣，入 鄉 隨 俗）

　　　　入境隨俗

106　Jit⁸/chhut⁴/tioh⁸ chhun¹ ho·⁷-lai⁵-niu⁵./
（日 出 着 存 雨 來 糧）

　　　　有備無患

107　Jit⁸-thau⁵/chhiah⁴-iaɴ⁷-iaɴ⁷,/sui⁵ lang⁵/ko·³ siɴ³-mia⁷./
（日 頭 赤 映 映，隨 人 顧 性 命）

　　　　世風日下，各爲自己打算

K

108　Kaɴ²-si² e⁰/theh⁸ khi³ chiah⁸./
（ 敢 死 兮 提 去 食）

　　　　敢者强取

109　Kam¹–chia³/bo⁵ siang¹–thau⁵ tiN¹./
（甘　蔗　無　双　頭　甜）

天下沒有十全十美的事

110　Kap⁴ lan⁷–chiau²/teh⁴ pe² chhiu²–bin⁷./
（佮　屭　鳥　著　挈　手　面）

荒謬至極

111　Ke³ koe¹/te³ koe¹ pe¹,/ke³ kau²/te³ kau² chau²./
（嫁　鷄　對　鷄　飛,　嫁　狗　對　狗　走）

嫁鷄隨鷄，嫁狗隨狗

112　Ke² si² la⁵–li²/tng¹ kau²–hia⁷./
（假死鯪鯉當　狗　蟻）

若無其事引人上勾

113　Keng² a⁰/keng²,/keng² tioh⁸ chit⁸ e⁵ boe⁷ geng⁵–geng²./
（揀啊揀,　揀　着　一　分賣　龍　眼）

不可眼光太高

114　KiN³–bin⁷/saN¹ hun¹ cheng⁵./
（見面三　分　　情）

伸手不打笑面人

115　KiaN¹ poah⁸–loh⁸ sai²–hak⁸,/m⁷ kiaN¹ he²–sio¹–chhu³./
（驚　跋　落屎斛,唔　驚　火　燒　厝）

一無恒產的人

116　Kin² phang²,/bo⁵ ho² soe¹,/kin² ke³,/bo⁵ ho² ta¹–ke¹./
（緊　紡,　無好　紗,緊嫁,　無好大家）

欲速則不達

117　Kio³ thiN¹,/thiN¹/boe⁷ in³,/kio³ toe⁷,/toe⁷/boe⁷ in³./
（叫 天, 天 繪 應, 叫 地, 地 繪 應）

叫天天不應，叫地地不靈

118　Koa³ iuN⁵-thau⁵,/boe⁷ kau²-bah⁴./
（掛 羊 頭, 賣 狗 肉）

裡外不一

119　Koan¹-te³-ia⁵-cheng⁵/bu² toa⁷-to¹./
（關 帝 爺 前 舞 大 刀）

班門弄斧

120　Koe⁻¹-a²-tng⁵,/chiau²-a²-to⁻⁷./
（鷄 仔 腸, 鳥 仔 肚）

心胸狹窄

121　Koe⁻¹-lang⁵ ho⁻⁷,/Ho⁻⁷-be² hong¹,/Tai⁵-pak⁴ jit⁸,/An¹-peng⁵
（鷄 籠 雨, 滬 尾 風, 台 北 日, 安 平
eng²./
湧）

基隆雨、淡水風、台北日照、安平浪潮（台灣名勝）

122　Kong² lang⁵/lang⁵/kau³,/kong² kui²/kui²/kau³./
（講 人 人 夠, 講 鬼 鬼 夠）

説曹操，曹操就到

123　Kong² thau⁵,/chai¹ be²./
（講 頭 知 尾）

舉一反三

124　Ku^1-kha^1/so^5 chhut^0-lai^0./
（龜跤趖 出 來）

露出馬腳

125　Kun^7 bio^7,/khi^1 sin^5./
（近 廟, 欺 神）

捨近求遠

126　Kun^2-chhio^3/pho^{-5} au^7-kha^1./
（滾 笑 扶 後 跤）

談笑變打架

Kh

127　Kha^1/tah^8 lang^5 e^5 toe^7,/thau^5/ti^3 lang^5 e^5 thi^1./
（跤 踏 人兮地, 頭戴人兮天）

人在異鄉，不可強出頭

128　Khan^1 ti^1-ko^1 e^0/than^3 thiong^3./
（牽 豬哥兮 趁 暢）

沒有實質受惠，空歡喜

129　Khi^2 si^2/giam^7 bo^5 siong^1./
（氣 死 驗 無 傷）

勸人別動輒發怒

130　Khi^3 So$^{·1}$-chiu^1/boe^7 ah^4-nng^7./
（去 蘇 州 賣 鴨 卵）

死亡之意

131　Khit⁴-chiah⁸/koaᴺ² bio⁷-kong¹./
（乞　食　趕　廟　公）

喧賓奪主

132　khit⁴-chiah⁸-siᴺ¹
（乞　食　生）

乞丐性情

L

133　Lai⁷-sin⁵/thong¹ goa⁷-kui²./
（內　神　通　外　鬼）

理應外合

134　lai⁷-soaᴺ¹-kau⁵
（內　山　猴）

諷刺對方孤陋寡聞

135　Lam² cha¹-po·¹/khah⁴ iaᴺ⁵ cha¹-bo·²./
（弱　查　夫　較　贏　查　姥）

終究是男人的力氣大

136　Lam²-lam² be²/ah⁸ u⁷ chit⁸ po·⁷ that⁴./
（弱　弱　馬　亦　有　一　步　踢）

不可看輕他人

137　lan⁷-chiau²-bin⁷
（羼　鳥　面）

用來諷刺性情多變，又癡迷女色的人

138 Lan⁷-chiau²/pi² koe¹-thui²./
（屍 鳥 比 鷄 腿）

不能相比之意

139 Lau⁷-bah⁴/phe⁵ li² chhin³ bah⁴-tang³./
（老 肉 配 汝 凊 肉 凍）

孤注一擲

140 Lau⁴/bong² lau⁷,/poaN³-mi⁵-au⁷./
（老 罔 老，半 冥 後）

喻寶刀未老

141 Lau⁷ e⁰/lau⁷-po·⁷-tiaN⁷./
（老兮老 步 定）

有經驗的人做事比較沈穩

142 lau⁷-kau⁵
（老 猴）

侮辱老人的惡語

143 lau⁷-put⁴-siu¹
（老 不 修）

老人行為不檢

144 Liah⁸ chim⁵/chau² chhih⁸,/liah⁸ ku¹/chau² pih⁴./
（搦 蟳 走 蠘，搦 龜 走 鼈）

時運不濟

145 Lian⁷ sian¹/phah⁴ chhui³-ko·²./
（練 仙 拍 喙 鼓）

無聊打發時間

146　Lo·⁷/iau⁵/ti¹ ma²–lek⁸,/su⁷/kiu²/kian³ jin⁵–sim¹./
（路 遙 知 馬 力,事 久 見 人 心）

路遙知馬力，事久見人心

147　Lo·⁵/khi¹ chu²./
（奴 欺 主）

逾越身份

148　Long⁷ kau²/sio¹–ka⁷./
（弄 狗 相 咬）

唯恐天下不亂

M

149　M⁷ chai¹ him⁵,/m⁷ chai⁷ ho·²./
（唔 知 熊 唔 知 虎）

連熊或虎也分不清，喻欠缺常識

150　M⁷ chai¹ thiⁿ¹–toe⁷/kui² kun¹ tang⁷./
（唔 知 天 地 幾 斤 重）

不知天高地厚

N

151　Niau²–chhu²/jip⁸ gu⁵–kak⁴./
（老 鼠 入 牛 角）

玩火自焚或沒有任何出路

152　Nng²–tho·⁵/chhim¹ kut⁸./
　　（軟塗　深　掘）

得寸進尺

O·

153　O·¹–thiɴ¹–am³–toe⁷./
　　（烏天　暗　地）

昏天暗地

O

154　Oan¹–ke¹/piɴ³ chhin¹–ke¹./
　　（冤家變　親家）

冤家變親家

155　Oe⁷ chiah⁸/boe⁷ sio¹–ka⁷./
　　（會食　𣍰相咬）

光吃，不會做事

156　Ok⁴–be²/ok⁴–lang⁵/khia⁵./
　　（惡馬惡　人　騎）

一物剋一物

157　Ok⁴–lang⁵/bo⁵ taɴ²./
　　（惡　人　無膽）

虛張聲勢

P

158　Pat^8–lang^5/e^5 kia N^2/si^2 boe^7 liau^2./
（別 人 兮 囝 死 繪 了）

犧牲他人也無關緊要

159　Peh^8–choa^2/sia^2 o$^{·1}$–ji^7./
（白　紙 寫 烏 字）

文盲自嘲

160　Peh^8–po$^{·3}$/ni^2 kah^4 o$^{·1}$./
（白 布 染 及 烏）

指鹿爲馬，顚倒是非

161　Peng^5–te^7/khi^2 hong^1–pho^1./
（ 平 地 起 風 波）

平地風波

162　Pi N^7–lang^5/thoah^4 choeh^4–khui^3./
（病 人 拖 節 氣）

病人要拖時間

163　poa N^5–thang^2–sai^2
（ 半 桶 屎）

一知半解

164　Poah^8–thang^2/boe^7 li^7 tit^4 ko$^{·2}$–chi N^2./
（ 拔 桶 繪 離 得 古 井）

孽緣、冤家

165　Pui⁵-chui²/bo⁵ lau⁵ ke³ pat⁸-lang⁵-khu¹./
　　　（肥 水 無 流 過 別 人 坵）

　　　　　　　　　　　　　　　肥水不落外人田

166　Pun¹ boe⁷ piN⁵,/phah⁴ kah⁴ ji⁷-kau²-mi⁵./
　　　（分 儱 平, 拍 及 二 九 冥）

　　　　　　　　　　　　　　分配不公，易造成紛爭

Ph

167　Phah⁴ kun⁵/boe⁷ ko¹-ioh⁸./
　　　（拍 拳 賣 膏 藥）

　　　　　　　　　　　　　　　　自我宣傳

168　PhaiN²-chun⁵/gu⁷ tioh⁸ ho² kang²-lo·⁷./
　　　（歹 船 遇 着 好 港 路）

　　　　　　　　　　　　　　　　走運

169　phong³-hong¹-ku¹
　　　（胖 風 龜）

　　　　　　　　　　　　　　　吹牛説大話

S

170　SaN¹ jit⁸/bo⁵ liu⁷,/peh⁴ chiuN⁷ chhiu⁷./
　　　（三 日 無 餾, 擎 上 樹）

　　　　　　　　　　　　　學如逆水行舟，不進則退

171　SaN¹ jit⁸/tho² hai²,/si³ jit⁸/phak⁸ bang⁷./
（三 日 討 海, 四 日 曝 　網）

遊閑多於勞動

172　Sai²–hak⁸/na² la⁷/na² chhau³./
（屎 斛 那 撈 那 臭）

事情愈張揚愈糟糕

173　Sai²–thang²/khui¹ hoe¹./
（屎 桶 開 花）

事態非同小可

174　San²–chhan⁵/gau⁵ soh⁴ chui²./
（散 　田 賢 嗽 水）

瘦人食量大

175　San² gu⁵/saN¹–oe¹./
（散 牛 相 挨）

敗者相鬥

176　Seng⁷ niau¹/chiuN⁷ chau³,/seng⁷ kiaN²/put⁴–hau³./
（盛 猫 上 　灶, 盛 囝 不 孝）

不可寵溺子女

177　Si² ah⁴/ngi⁷ chhui³–poe¹./
（死鴨硬 喙 箆）

強詞奪理，嘴硬

178　Si² che⁷,/oah⁸ chiah⁸./
（死 坐 活 　食）

好吃懶做

179　Si² hong⁵-te³/m⁷-tat⁸-tioh⁸ oah⁸ khit⁴-chiah⁸./
　　（死皇帝唔值着 活乞 食）

　　　　　　　　　　　　　　好死不如歹活

180　Si⁷ i¹ e⁵ thiɴ¹-ni⁵./
　　（是伊兮天年）

　　　　　他的時代（賭博時對手氣好的人所說的諷刺話）

181　Si³ kha¹/chit⁸ ki¹ tu²/khah⁴ khin¹ chit⁸ chiah⁴ sat⁴-bu²./
　　（四跤 一枝抵較輕 一 隻 虱 母）

　　　　　　　　　　　暗示性交的正常體位

182　Si⁵/kau³/si⁵/tng¹./
　　（時夠 時當）

　　　　　　　　　　　　船到橋頭自然直

183　Siɴ¹ ki¹/hoat⁴ hioh⁸./
　　（生枝 發 葉）

　　　　　　　　　　　　　添油加醋

184　Si² kiaɴ²/koai¹,/chau² hi⁵/toa⁷./
　　（死囝 乖, 走 魚 大）

　　　　　　　　　　　溜掉大魚

185　Si⁵-koe¹/oa² toa⁷ peng⁵./
　　（西瓜倚大 份）

　　　　　　　　　　　靠攏勢力大的一方

186　Si²-lang⁵/bo⁵ chhui³./
　　（死人 無 喙）

　　　　　　　　　　　死人無嘴

187　Si³ niu² ng²–a²/ka¹–ti⁷ bo⁵ tu⁵./
（四兩笀仔家己無除）

没有自知之明

188　Si² ti¹/tin³ tiau⁵./
（死猪鎮砧）

空佔其位

189　Siam² sai¹–hong¹./
（閃西風）

暫避其鋒

190　Sian¹–lang⁰/phah⁴ ko·²,/u⁷ si⁵ chho³./
（仙人　拍鼓,有時錯）

人難免犯錯

191　Sian¹–siɴ¹/put⁴ chai⁷ koan²,/hak⁸–seng¹/poaɴ¹ hai²–hoan²./
（先生不在　館, 學生　搬海反）

老師不在, 學生作怪

192　Sian¹ siau²–jin⁵,/ji⁵–ho·⁷ kun¹–chu²./
（先小人, 而後君子）

先小人後君子

193　siang¹–bin⁷–to¹–kui²
（双面刀鬼）

笑裡藏刀

194　Siang¹ kha¹/tah⁸ siang¹ chun⁵./
（双跤踏双船）

腳踏兩條船

195　siang¹–thau⁵–choa⁵
　　（双　頭　蛇）

唯利是圖

196　Sim¹–koaɴ¹/khah⁴ ngi⁷ thih⁴./
　　（心　肝　較　硬　鐵）

鐵石心腸

197　Sim¹–koaɴ¹/khah⁴ toa⁷ gu⁵–hi³./
　　（心　肝　較　大牛肺）

過於貪心

198　Soe³–han³/thau¹ ban² pu⁵,/toa⁷–han³/thau¹ khan¹ gu⁵./
　　（細　漢　偷　挽　匏，大　漢　偷　牽　牛）

不可輕視小過

199　Su¹ lang⁵/m⁷ su¹ tin⁷./
　　（輸　人　唔　輸　陣）

不可落於人後

200　Sun⁷ hong¹/sak⁴ to² chhiuɴ⁵./
　　（順　風　揀　倒　牆）

機會來臨，乘人之危

201　Sut⁴ au⁷–phau³./
　　（摔　後　砲）

先下手爲强

T

202 Tai⁵-oan⁵/bo⁵ saN¹ jit⁸ ho² kong¹-keng²./
（台 灣 無 三 日 好 光 景）

競爭非常激烈

203 Tai⁵-oan⁵/lo·⁷/khoai³ ta¹,/Tai⁵-oan⁵ cha¹-bo·²/khoai³ ke³-
（台 灣 路 快 乾,台 灣 查 姥 快 過
kha¹./
跤）

台灣女性容易紅杏出牆

204 Tau⁷-hu⁷/beh⁴ kap⁴ chioh⁸-thau⁵/khap⁸./
（豆 腐 要 佮 石 頭 磕）

以卵擊石

205 Te⁵-ko·²/an¹ kim¹/ah⁸ si⁷ hui⁵./
（茶 砧 安 金 亦 是 磁）

茶壺貼金終究是土陶，外表無法掩飾本質

206 Toa⁷-chih⁸/ai³ kong² oe⁷./
（大 舌 愛 講 話）

口吃偏偏愛說話

Th

207　Thai²-ko¹/bo⁵ sioh⁴ phiɴ⁷-liam⁵-noa⁷./
（癩 哥 無 惜 鼻 粘 瀾）

　　　　　　　　　　　　缺乏自知之明

208　Thai⁵ koe¹/ka³ kau⁵./
（刣 鷄 教 猴）

　　　　　　　　　　　　殺雞儆猴

209　Thai⁵-thau⁵ seng¹-li²/u⁷ lang⁵ choe³,/sih⁸-pun² seng¹-li²/
（刣 頭 生 理有人 做,蝕 本 生 理
　　bo⁵ lang⁵ choe³./
無 人 做）

　　　　　　　　　　　　強調沒有人會做虧本生意

210　Tham¹ ji⁷/pin⁵ ji⁷ khak⁴./
（貪 字貧 字 殼）

　　　　　　　　　　　　貪心反而吃虧

211　Than³-chiɴ⁵/ku¹/pe⁵ piah⁴,/liau² chiɴ⁵/chui²/pang¹ soaɴ¹./
（趁 錢龜爬壁, 了 錢 水 崩 山）

　　　　　　　　　　　　喻賺錢不容易

212　Than³ oe⁷ tioh⁸,/chiah⁸ boe⁷ tioh⁸./
（趁 會 着,食 𣍐 着）

　　　　　　　　　　　　賺得到錢，卻無法享用

213 Thau⁵–a²/heng³–heng³,/be²–a²/leng¹–leng¹./
（頭 仔 興 興，尾仔 冷 冷）

喻做事三分鐘熱度

214 Thau⁵/ke³,/sin¹/chiu⁷ ke³./
（頭 過，身 就 過）

萬事起頭難

215 Thiɴ¹/bo⁵ bak⁸./
（天 無 目）

老天無眼

216 Thiɴ¹–kong¹/thiaɴ³ gong⁷–lang⁵./
（天 公 痛 戀 人）

愚人自有福氣

217 Thih⁴ khi²/tang⁵ ge⁵–cho⁵./
（鐵 齒 銅 牙 槽）

強辯

U

218 U⁷–chiɴ⁵–lang⁵/khit⁴–chiah⁸ siɴ³–mia⁷./
（有 錢 人 乞 食 性 命）

有錢人乞丐本性。喻吝嗇。

219 U⁷ chiɴ⁵/sai² kui²/ah⁸ oe⁷ bo⁷./
（有 錢 使 鬼 亦 會 磨）

有錢能使鬼推磨

220　U^7 chiah^8,/u^7 chiah^8/e^5 kang^1-hu^1./
（有 食,有 食 兮 工 夫）

花錢要用得其所

221　U^7 chiong^7-goan^5 hak^8-seng^1,/bo^5 chiong^7-goan^5 sian^1-
（有 狀 元 學 生, 無 狀 元 先

siN^1./
生）

後生可畏

222　U^7 chit^8 ho^2,/bo^5 nng^7 ho^2./
（有一好,無二好）

世上沒有圓滿如意的事

223　U^7 chhui^3/kong^2 kah^4 bo^4 noa^7./
（有 喙 講 及 無 瀾）

費盡口舌之意

224　U^7 e^0/m^7 kong^2,/bo^5 e^0/phin^2-phong^2./
（有兮唔 講, 無兮 品　捧）

引申人不可自我膨脹

225　U^7 kiaN^2,/u^7 kiaN^2 mia^7,/bo^5 kiaN^2,/thiN^1/chu^3-tiaN^7./
（有 囝,有 囝 命, 無 囝, 天　註　定）

一切順其自然，莫做強求

226　U⁷ khoaN³-kiN³ chiam¹-phiN⁷,/bo⁵ khoaN³-kiN³ Toa⁷-sai¹-

（有 看 見 針 鼻，無 看 見 大 西

mng⁵./

門）

喻短視，無遠見

227　U⁷ si⁵/geh⁸ kng⁰,/u⁷ si⁵/chhiN¹ kng⁰./

（有時月光,有時 星 光）

風水輪流轉

228　U⁷/si⁷ lo·²,/bo⁵/si⁷ kho·²./

（有是努,無是 苦）

引申期盼子嗣的矛盾心情

229　U⁷ sio¹-hiuN¹,/u⁷ po²-pi³,/u⁷ chiah⁸,/u⁷ kiaN⁵-khi³./

（有燒 香, 有保庇,有 食, 有 行 氣）

付出終有回報

230　U⁷ thiN¹,/bo⁵ jit⁸-thau⁵./

（有天 無 日 頭）

老天無眼

231　U⁷ thiaN¹-kiN³ siaN¹,/bo⁵ khoaN³-kiN³ iaN²./

（有聽 見 聲,無 看 見 影）

喻空喊口號

232　Ui⁷ hun⁵/teh⁴ kiaN⁵ lo·⁷./

（畫痕 著 行路）

劃線走路，喻品行方正過度

專業台灣本土出版集團
前衛◇草根◇希望

圖書目錄

地址：台北市信義路二段34號6樓

電話：*(02)2356-0301*／傳眞：*(02)2396-4553*

外埠郵購請統一劃撥「*18418493*草根出版公司」帳戶

E-mail/*a4791@ms15.hinet.net*

Internet/*http://www.avanguard.com.tw*

台北市區一次購買10本或2000元以上專人送書

劃撥郵購定價1000元以上九折優待，單册恕不打折

【台灣俗諺語典】全十卷／陳主顯博士著

TK01【卷一】台灣俗諺的人生哲理		／300元
TK02【卷二】台灣俗諺的七情六慾		／450元
TK03【卷三】台灣俗諺的言語行動		／450元
TK04【卷四】台灣俗諺的生活工作		／400元
☆ TK05【卷五】台灣俗諺的婚姻家庭		／550元
TK06【卷六】台灣俗諺的社會百態		／ 元
TK07【卷七】台灣俗諺的鄉土慣俗		／ 元
TK08【卷八】台灣俗諺的常識見解		／ 元
TK09【卷九】台灣俗諺的應世智慧		／ 元
TK10【卷十】台灣俗諺的重要啓示		／ 元

台灣語研究叢書

Y001	新編簡明台語字典	林央敏編／300元
Y002	台灣方言之旅	洪惟仁著／250元
Y003	台灣語言危機	洪惟仁著／200元
Y004	台語文學與台語文字	洪惟仁著／200元
Y005	台灣語概論(精裝)	許極燉著／500元
Y006	常用漢字台語詞典(精裝1084頁)	許極燉著／900元

台灣漫畫

TG01	我ｍ是罪人	陳義仁著／110元

TG02 信耶穌得水牛	陳義仁著／120元	
TG03 聽革命家的歌	湯瑪仕著／150元	
TG04 祖國，您好！	湯瑪仕著／140元	
☆ TG05 上帝愛滾笑	陳義仁著／120元	

前衛政經文庫

TV01 族群與民族主義	施正鋒著／250元
TV02 當代政治分析	施正鋒著／250元
☆ TV03 台灣政治建構	施正鋒著／300元
☆ TV04 台灣原住民運動的憲法意義	林淑雅著／200元

台灣自然生態叢書

TF01 還我自然	李界木著／240元
TF02 藍天、綠水、淨土	李界木著／220元
TF03 還我生存權	李界木著／200元
TF04 反核有理	李界木著／220元
TF05 人文與生態	陳玉峯著／200元
TF06 台灣生態悲歌	陳玉峯著／180元
TF07 台灣生態史話	陳玉峯著／250元
TF7A 台灣生態史話有聲卡帶15卷	陳玉峯著／3000元
TF08 台灣植被誌第三卷(上)	陳玉峯著／1200元
TF09 台灣植被誌第三卷(下)	陳玉峯著／1000元

編輯委員會／總顧問：黃昭堂（日本昭和大學名譽教授）

召集人：黃國彥（東吳大學日研所教授）

委　員：王明理　宗像隆幸　侯榮邦

李明峻　邱振瑞　黃文雄　黃英哲

★預定2000年中全部出齊，全套軟皮精裝典藏版。
感謝財團法人國家文化藝術基金會及海內外熱心本土文化的台灣家庭與人士助印出版。助印者陸續增加中……

草根出版公司榮譽出品

台灣文學名著系列

● 圖書館、台灣家庭必備，台灣人必讀

● 名符其實的本土文學經典

■ 已出二十餘種，名畫配名作精裝典藏版

國家圖書館出版品預行編目資料

台語初級／王育德著；黃國彥譯.
　　-- 初版. 台北市：前衛，2000 ［民89］
　　160面；15×21公分. --（王育德全集：5）
　　ISBN 957-801-234-9（精裝）
　　1.臺語

802.5232　　　　　　　　　　　　89000350

台語初級

著　　者／王育德

譯　　者／黃國彥

 前衛出版社
　　地址：106台北市信義路二段34號6樓
　　電話：02-23560301　傳眞：02-23964553
　　郵撥：05625551　前衛出版社
　　E-mail：a4791@ms15.hinet.net
　　Internet：http://www.avanguard.com.tw

封面設計／曾堯生・設計執行／林彥宜

法律顧問／汪紹銘律師・林峰正律師

總代理　旭昇圖書公司
　　地址：台北縣中和市中山路二段352號2樓
　　電話：02-22451480　傳眞：02-22451479

贊助出版／①財團法人國家文化藝術基金會
　　　　　②海內外王育德全集熱心助印戶

出版日期／2000年4月初版第一刷

Copyright © 2000　　Avanguard Publishing Company
Printed in Taiwan　　　　ISBN 957-801-234-9

定價／200元

【王育德全集】出版真言

　　王育德博士是世界語言學界所公認的台灣語學權威，也是無數台灣熱血青年的思想啟蒙者，他自1949年逃亡日本，迄1985年逝世為止，一直都是國府的頭號黑名單人物，不僅本身無法再回到他心愛的故鄉台灣，連他在日本出版的全部著書，在台灣也都屬「禁書」之列，台灣人大都無緣讀到。

　　王先生的著作涵蓋面很廣，除學術性的台灣話、福建話研究之外，也包含專論性的歷史學、政治、社會、文學評論，及創作性的小說、隨筆、劇本等，在各該領域都屬出類拔萃的佼佼者，尤其筆下常帶台灣意識和感情，素為日本學界及台灣人社會所敬重。

　　身為台語研究學者兼台獨運動理論大師，王先生的著述是台灣人學識的智慧結晶，也是台灣良知的總體表露，即使放之世界，亦能閃耀金字塔般的光芒。本社忝為專業台灣本土出版機構，企劃出版【王育德全集】是多年來的宏願和責任。由於王先生的著作全部都以日文寫成，本社特別成立編輯委員會加以匯整漢譯，共編為15卷。王先生有言，他寫書的最主要目的是要寫給台灣人閱讀，今【王育德全集】能完整地在他朝思暮想的台灣故鄉出刊發行，是公道，也是天理。

【王育德全集】編輯委員會

總顧問：黃昭堂（日本昭和大學名譽教授、台灣獨立建國聯盟主席）

召集人：黃國彥（東吳大學日研所教授）

委　　員：王明理（王育德先生千金）　　　宗像隆幸（日籍作家）

　　　　　侯榮邦（明治大學國際法碩士）　李明峻（日本岡山大學外國人講師）

　　　　　邱振瑞（前衛出版社總編輯）　　黃文雄（台籍日本作家）

　　　　　黃英哲（日本愛知大學副教授）